LES AUTEURS LATINS

EXPLIQUÉS D'APRÈS UNE MÉTHODE NOUVELLE

PAR DEUX TRADUCTIONS FRANÇAISES

L'UNE LITTÉRALE ET JUXTALINÉAIRE PRÉSENTANT LE MOT A MOT FRANÇAIS
EN REGARD DES MOTS LATINS CORRESPONDANTS
L'AUTRE CORRECTE ET PRÉCÉDÉE DU TEXTE LATIN

avec des sommaires et des notes

PAR UNE SOCIÉTÉ DE PROFESSEURS

ET DE LATINISTES

HEUZET

HISTOIRES CHOISIES

des Écrivains profanes

EXPLIQUÉES LITTÉRALEMENT

TRADUITES EN FRANÇAIS ET ANNOTÉES

PAR MM. SOMMER ET GUÉDET

livre I

PARIS

LIBRAIRIE DE L. HACHETTE

BOULEVARD SAINT-GERMAIN

LES

AUTEURS LATINS

EXPLIQUÉS D'APRÈS UNE MÉTHODE NOUVELLE

PAR DEUX TRADUCTIONS FRANÇAISES

Cet ouvrage a été expliqué littéralement, traduit en français et annoté par M. Sommer, docteur ès lettres, agrégé des classes supérieures, et M. Guedel, professeur au collége Sainte-Barbe.

Paris — Typographie de Ad. E. Lainé et J. Havard, rue des Saints-Pères, 19.

LES AUTEURS LATINS

EXPLIQUÉS D'APRÈS UNE MÉTHODE NOUVELLE

PAR DEUX TRADUCTIONS FRANÇAISES

L'UNE LITTÉRALE ET JUXTALINÉAIRE PRÉSENTANT LE MOT A MOT FRANÇAIS
EN REGARD DES MOTS LATINS CORRESPONDANTS
L'AUTRE CORRECTE ET PRÉCÉDÉE DU TEXTE LATIN

avec des sommaires et des notes

PAR UNE SOCIÉTÉ DE PROFESSEURS

ET DE LATINISTES

———

HEUZET

HISTOIRES CHOISIES

DES AUTEURS PROFANES

LIVRE I

———

PARIS

LIBRAIRIE DE L. HACHETTE ET Cⁱᵉ

RUE PIERRE-SARRAZIN, Nᵒ 14

(Près de l'École de médecine)

———

1860

AVIS

RELATIF A LA TRADUCTION JUXTALINÉAIRE.

On a réuni par des traits les mots français qui traduisent un seul mot latin.

On a imprimé en *italiques* les mots qu'il était nécessaire d'ajouter pour rendre intelligible la traduction littérale, et qui n'avaient pas leur équivalent dans le latin.

Enfin, les mots placés entre parenthèses doivent être considérés comme une seconde explication, plus intelligible que la version littérale.

ARGUMENT ANALYTIQUE

DU PREMIER LIVRE.

SELECTÆ HISTORIÆ

E PROFANIS SCRIPTORIBUS.

PRIOR PARS.

LIBER PRIMUS.

DE DEO.

CAPUT I.

Consensus populorum omnium probat Deum esse.

I. Animal nullum est, præter hominem, quod habeat notitiam aliquam Dei. At inter homines gens nulla est tam fera quæ non sciat Deum esse habendum, etiam si ignoret qualem habere deceat. Quoniam vero, in re omni, consensio firma gentium omnium est vox naturæ et argumentum veritatis, confitendum est numen aliquod divinum esse.

CHAPITRE I.

Le consentement de tous les peuples prouve l'existence d'un Dieu.

I. Il n'est aucun animal, excepté l'homme, qui ait quelque notion de Dieu. Mais parmi les hommes il n'est point de peuple si sauvage qui ne sache qu'il faut avoir un Dieu, lors même qu'il ignore quel Dieu il faut avoir. Or, puisque en toute matière le constant accord de toutes les nations est la voix de la nature et une preuve de la vérité, il faut reconnaître qu'il y a une puissance divine.

HISTOIRES CHOISIES

DES ÉCRIVAINS PROFANES.

PREMIÈRE PARTIE.

LIVRE PREMIER.

DE DIEU.

CAPUT I.	CHAPITRE I.
Consensus omnium populorum probat Deum esse.	Le consentement de tous les peuples prouve un Dieu exister.

I. Est nullum animal	I. Il *n*'est aucun animal,
præter hominem,	excepté l'homme,
quod habeat	qui ait
aliquam notitiam Dei.	quelque notion de Dieu.
At inter homines	Or parmi les hommes
nulla gens	aucune nation
est tam fera,	*n*'est si sauvage,
quæ non sciat	qui ne sache pas [un Dieu),
Deum habendum esse,	un Dieu devoir être eu (qu'il faut avoir
etiam si ignoret	même si elle ignore
qualem deceat habere.	quel *Dieu* il convient d'avoir.
Quoniam vero	Mais puisque
in omni re	dans toute matière
consensio firma	l'accord ferme (constant)
omnium gentium	de toutes les nations
est vox naturæ	est la voix de la nature
et argumentum	et une preuve
veritatis,	de la vérité,
confitendum est	il faut reconnaître
aliquod numen divinum	quelque puissance divine
esse.	exister.

II. Consuetudo disputandi contra deos est mala et impia, sive id fit serio, sive simulate. Itaque, quum Protagoras[1], sophista maximus temporibus suis, posuisset in principio libri cujusdam se dubitare an dii essent, jussu Atheniensium exterminatus est ex urbe eorum atque agro, librique ejus combusti sunt in concione. Ferunt quoque talentum argenti[2] fuisse propositum præmium ei qui illum occidisset. Sic etiam dubitatio de diis non potuit pœnam effugere.

CAPUT II.

Agnoscimus Deum ex operibus ejus.

I. Quis est tam vecors qui, quum suspexerit in cœlum, non sentiat Deum esse?

Pulchritudo mundi, ordo rerum cœlestium, conversio solis, lunæ, siderumque omnium, indicant satis adspectu ipso ea

II. L'habitude de contester l'existence des dieux est mauvaise et impie, qu'on le fasse sérieusement ou par jeu d'esprit. Aussi Protagoras, le plus grand sophiste de son temps, ayant avancé au commencement d'un ouvrage qu'il ne savait s'il y avait des dieux, les Athéniens le chassèrent de leur ville et de leur territoire, et firent brûler ses ouvrages en pleine assemblée On rapporte aussi qu'une récompense d'un talent d'argent fut promise à celui qui le tuerait. Ainsi le simple doute sur l'existence des dieux ne put échapper ·au châtiment.

CHAPITRE II.

A ses œuvres nous reconnaissons qu'il y a un Dieu.

I. Quel est l'homme assez insensé pour lever les yeux vers le ciel et ne pas sentir l'existence d'un Dieu?

La beauté de la voûte céleste, l'ordre des corps qui s'y meuvent, le cours du soleil, de la lune et de tous les astres, font bien comprendre au seul aspect que ce ne sont pas des effets du hasard, et

II. Consuetudo	II. L'habitude
disputandi	de discuter
contra deos	contre l'*existence de* dieux
est mala et impia,	est mauvaise et impie,
sive id fit serio,	soit que cela se fasse sérieusement,
sive simulate.	ou par-feinte.
Itaque, quum Protagoras,	C'est pourquoi, lorsque Protagoras,
sophista maximus	le sophiste le plus grand
suis temporibus,	dans (de) son temps,
posuisset	eut avancé
in principio	au commencement
cujusdam libri	d'un certain ouvrage
se dubitare	lui-même douter
an dii essent,	si des dieux étaient,
exterminatus est	il fut chassé
jussu Atheniensium	par ordre des Athéniens
ex urbe	de la ville
atque agro eorum,	et du territoire d'eux,
librique ejus	et les ouvrages de lui
combusti sunt	furent brûlés
in concione.	dans l'assemblée.
Ferunt quoque	On rapporte aussi
talentum argenti	un talent d'argent
propositum fuisse	avoir été proposé
præmium	*pour* récompense
ei qui occidisset illum.	à celui qui aurait tué (tuerait) lui.
Sic etiam dubitatio de diis	Ainsi même le doute sur les dieux
non potuit	ne put pas
effugere pœnam.	échapper au châtiment.

CAPUT II.

Agnoscimus Deum
ex operibus ejus.

CHAPITRE II.

Nous reconnaissons un Dieu
aux ouvrages de lui.

I. Quis est tam vecors	I. Quel *homme* y a-t-il si insensé
qui, quum suspexerit	qui, lorsqu'il aura regardé-en-haut
in cœlum,	vers le ciel,
non sentiat Deum esse?	ne sente pas un Dieu exister ?
Pulchritudo mundi,	La beauté de la voûte *du ciel*,
ordo rerum cœlestium,	l'ordre des corps célestes,
conversio solis, lunæ	la révolution du soleil, de la lune
omniumque siderum,	et de tous les astres,
indicant satis	montrent assez
adspectu ipso	par l'aspect même
omnia ea	toutes ces-choses
non esse fortuita,	n'être pas produites-par-le hasard,

omnia non esse fortuita, et cogunt nos confiteri naturam esse aliquam præstantem æternamque, quæ sit admiranda humano generi.

II. Quemadmodum, si quis venerit in ædes aliquas aut in gymnasium, videritque ibi distinctionem rerum omnium, ordinem, disciplinam, intelliget aliquem esse profecto qui præsit, et cui pareatur : sic, si quis intueatur motus perpetuos et certos, vicissitudines, ordines rerum cœlestium tot tanta rumque, necesse est ut fateatur hæc cuncta gubernari a mente aliqua. Quum autem nec mens nec potestas humana possit hoc efficere, Deus unus potest esse architectus et rector tanti operis ac muneris.

CAPUT III.

Natura Dei est optima et præstantissima.

I Sententiæ veterum philosophorum de natura Dei fuerunt variæ atque inter se dissidentes ; quas longum ac difficile

nous forcent à avouer qu'il y a un être suprême et éternel, digne de l'admiration du genre humain.

II. Quand on entre dans une maison, dans une académie, la distribution, l'ordre et la discipline qu'on y remarque, font comprendre qu'il y a là quelqu'un qui commande et à qui l'on obéit ; de même, quand on voit dans une si prodigieuse quantité d'astres des mouvements perpetuels et réguliers, un cours périodique, un ordre parfait, c'est une nécessité de convenir que cet ensemble est régi par une intelligence. Or, comme ni l'intelligence ni la puissance de l'homme ne peuvent accomplir rien de semblable, un Dieu seul peut être le créateur et le modérateur d'une œuvre et d'un travail aussi admirables.

CHAPITRE III.

La nature de Dieu est la meilleure et la plus noble.

I. Les opinions des anciens philosophes sur la nature de Dieu sont variées et contradictoires ; il serait long et difficile de les énumérer.

et cogunt nos confiteri
aliquam naturam
præstantem æternamque,
quæ admiranda sit
generi humano,
esse.
    II. Quemadmodum,
si quis venerit
in aliquas ædes
aut in gymnasium,
videritque ibi
distinctionem
omnium rerum,
ordinem, disciplinam,
intelliget
aliquem esse profecto
qui præsit,
et cui pareatur :
sic, si quis
intueatur motus
perpetuos et certos,
vicissitudines, ordines
rerum cœlestium
tot tantarumque,
est necesse
ut fateatur
cuncta hæc gubernari
ab aliqua mente.
Quum autem nec mens
nec pote-tas humana
possit efficere hoc,
Deus unus potest esse
architectus et rector
operis ac muneris tanti.

et forcent nous à avouer
quelque être
supérieur et éternel,
qui doit être admiré
du genre humain,
exister.
    II. De même que,
si quelqu'un sera venu (vient)
dans quelque maison
ou dans un gymnase,
et aura remarqué (remarque) là
la distribution
de toutes choses,
l'ordre, la discipline,
il comprendra
quelqu'un être certainement
qui commande,
et à qui on obéit :
de même, si quelqu'un
considère les mouvements
perpétuels et réguliers,
les changements, l'ordre
des corps célestes
si-nombreux et si-grands,
il est nécessaire
qu'il avoue
toutes ces choses être dirigées
par quelque intelligence.
Or comme ni l'intelligence
ni la puissance humaine
ne peut faire ceci,
un Dieu seul peut être
le créateur et le modérateur
d'un ouvrage et d'un travail si-grand.

CAPUT III.

Natura Dei est optima
et præstantissima.

    I. Sententiæ
philosophorum veterum
de natura Dei
fuerunt variæ
atque dissidentes inter se;
quas enumerare
esset longum ac difficile.

CHAPITRE III.

La nature de Dieu est la meilleure
et la plus noble.

    I. Les opinions
des philosophes anciens
sur la nature de Dieu
ont été variées
et opposées entre elles;
les énumérer
aurait été long et difficile.

esset dinumerare. Natura duce, intelligebant Deum esse ; sed non conveniebat inter illos quid Deus esset. Itaque quum tyrannus Hiero[1] quæsivisset e Simonide[2], non solum poeta suavi, verum etiam viro docto sapienteque, quid Deus esset, postulavit sibi diem unum ad deliberandum. Quum idem quæreretur postridie ex eo, petivit biduum, et deinceps sæpius duplicavit numerum. Admirans Hiero requisivit cur ita faceret : « Quia, inquit, res videtur mihi tanto obscurior quanto diutius eam considero. »

II. Si, quum intramus templa, solemus esse compositi animo, habitu incessuque ; si, accessuri ad sacrificium, submittimus vultum, aptamus togam, et studemus omni modo significare modestiam ; debemus quoque disputare verecunde de natura deorum, ne affirmemus aliquid temere.

Guidés par la nature, ils comprenaient qu'il y a un Dieu, mais ils n'étaient pas d'accord sur son essence. Simonide, qui n'était pas seulement un poëte plein de charme, mais un homme de science et de jugement, interrogé par le tyran Hiéron sur la nature de Dieu, demanda un jour pour y penser. Le lendemain la même question lui fut proposée. Il demanda deux autres jours, et plusieurs fois de suite il doubla le nombre. Hiéron étonné voulut en savoir la cause : « C'est que, dit Simonide, plus j'y réfléchis, plus la chose me paraît obscure. »

II. Si, pour entrer dans les temples, nous prenons les sentiments, le maintien et la démarche qui conviennent, si nous n'approchons d'un sacrifice que les yeux baissés et la toge ramenée sur la poitrine ; si tout alors dans notre maintien témoigne de notre respect, c'est aussi avec retenue que nous devons discuter sur la nature des dieux, pour n'avancer rien de téméraire.

Natura duce,	La nature *étant leur* guide,
intelligebant Deum esse ;	ils comprenaient un Dieu exister ;
sed non conveniebat	mais il n'y-avait-pas-accord
inter illos	entre eux
quid Deus esset.	*sur* ce que Dieu était.
Itaque	C'est-pourquoi
quum tyrannus Hiero	lorsque le tyran Hiéron
quæsivisset e Simonide,	eut demandé à Simonide,
non solum poeta suavi,	non-seulement poëte charmant,
verum etiam	mais encore
viro docto sapienteque,	homme savant et sage,
quid Deus esset,	ce que Dieu était,
postulavit sibi	il réclama pour lui-même
unum diem	un jour
ad deliberandum.	pour réfléchir.
Quum idem	Comme la même chose
quæreretur ex eo	était demandée à lui
postridie,	le lendemain,
petivit biduum,	il demanda un espace-de-deux-jours,
et deinceps	et ensuite
duplicavit sæpius	il doubla plusieurs-fois
numerum.	le nombre *des jours.*
Hiero admirans	Hiéron étonné
requisivit	demanda
cur faceret ita :	pourquoi il agissait ainsi
« Quia, inquit,	« Parce que, dit *Simonide,*
res videtur mihi	la chose paraît à moi
tanto obscurior	d'autant plus obscure
quanto considero eam	que j'examine elle
diutius. »	plus longtemps. »
II. Si, quum	II. Si, lorsque
intramus templa,	nous entrons dans les temples,
solemus	nous avons-coutume
esse compositi animo,	d'être apprêtés de sentiment,
habitu incessuque ;	de maintien et de démarche ;
si, accessuri	si, devant approcher
ad sacrificium,	vers un sacrifice,
submittimus vultum,	nous baissons le visage (les yeux),
aptamus togam,	nous arrangeons notre toge,
et studemus	et nous nous appliquons
omni modo	de toute manière
significare modestiam ;	à témoigner de la modestie ;
debemus quoque	nous devons aussi
disputare verecunde	discuter avec-réserve
de natura deorum,	sur la nature des dieux, [chose
ne affirmemus aliquid	de peur que nous n'affirmions quelque
temere.	témérairement.

Non possumus loqui recte de numine divino, nisi simus illustrati lumine ejus. Nam numen divinum est fons luminis, sicut et bonitatis.

III. Deus non potest intelligi alio modo, nisi mens quædam libera, segregata a materia, omnia sentiens et movens.

Quid interest inter naturam Dei et nostram? Pars melior nostri est animus; in illo pars nulla extra animum : totus est ratio. Effugit oculos, visendus est cogitatione.

IV. Quomodo possumus intelligere Deum, nisi sempiternum? Natura, quæ dedit nobis notionem deorum, insculpsit quoque in mentibus ut credamus eos æternos et beatos. Thales[1], interrogatus quid esset Deus : « Quod, inquit, caret initio et fine. »

V. Nihil est quod Deus non possit efficere, et quidem sine labore ullo. Etenim, ut membra hominum moventur mente

Nous ne pouvons parler convenablement de la divinité si nous ne sommes éclairés de sa lumière. Car la divinité est à la fois la source de la lumière et de la bonté.

III. La seule idée que nous puissions nous former de Dieu est celle d'un esprit pur, dégagé de toute matière, qui connaît tout, qui donne le mouvement à tout.

Quelle différence y a-t-il entre la nature de Dieu et la nôtre? La meilleure partie de nous-mêmes, c'est l'âme; en Dieu il n'y a d'autre partie que l'âme; il est tout entier esprit; il échappe à la vue, c'est par la pensée qu'il faut le voir.

IV. Peut-on admettre un Dieu qui ne soit pas éternel? La nature, qui nous a donné la connaissance des dieux, a gravé aussi dans nos esprits la croyance à leur éternité et à leur félicité. On demandait à Thalès ce que c'est que Dieu : « C'est, répondit-il, ce qui n'a ni commencement ni fin. »

V. Il n'est rien que Dieu ne puisse faire, et rien ne lui coûte. En effet comme, pour remuer quelque partie de notre corps, nous n'a-

Non possumus	Nous ne pouvons pas
loqui recte	parler convenablement
de numine divino,	de la puissance divine
nisi simus illustrati	à moins que nous ne soyons éclairés
lumine ejus.	de la lumière d'elle.
Nam numen divinum	Car la puissance divine
est fons luminis,	est la source de la lumière,
sicut et bonitatis.	comme aussi de la bonté.
III. Deus non potest	III. Dieu ne peut pas
intelligi alio modo,	être compris d'une autre manière,
nisi quædam mens	si ce n'est un certain esprit
libera ,	libre,
segregata a materia,	dégagé de matière,
sentiens et movens omnia.	connaissant et mouvant tout.
Quid interest	En quoi y a-t-il de la différence
inter naturam Dei	entre la nature de Dieu
et nostram ?	et la nôtre ?
Pars melior nostri	La partie la meilleure de nous-mêmes
est animus ;	est l'âme ;
nulla pars	aucune partie
extra animum	en dehors de l'âme
in illo :	n'est en lui (en Dieu) :
est totus ratio.	il est tout-entier intelligence.
Effugit oculos,	Il échappe aux yeux.
visendus est cogitatione.	il doit être vu par la pensée.
IV. Quomodo possumus	IV. Comment pouvons-nous
intelligere Deum,	comprendre Dieu,
nisi sempiternum ?	si ce n'est éternel ?
Natura,	La nature,
quæ dedit nobis	qui a donné à nous
notionem deorum,	l'idée des dieux,
insculpsit quoque	a gravé aussi
in mentibus	dans nos esprits
ut credamus eos	que nous croyions eux
æternos et beatos.	éternels et heureux.
Thales. interrogatus	Thalès, interrogé
quid Deus esset :	sur ce que Dieu était :
« Quod, inquit,	« C'est ce qui, dit-il,
caret initio et fine. »	manque de commencement et de fin. »
V. Est nihil quod Deus	V. Il n'est rien que Dieu
non possit efficere,	ne puisse faire,
et quidem sine ullo labore.	et certes sans aucune peine.
Etenim,	En effet,
ut membra hominum	de même que les membres des hommes
moventur	sont mus
mente ipsa ac voluntate,	par la pensée même et la volonté,
sine ulla contentione,	sans aucun effort,

fipa ac voluntate, sine contentione ulla, sic omnia possunt iesri, moveri, mutari, numine deorum.

VI. Quocumque flexeris te, habebis ibi Deum occurrentem tibi : nihil vacat ab illo, ipse implet opus suum.

VII. Commoda quibus utimur, lux qua fruimur, spiritus quem ducimus, dantur nobis et impertiuntur a Deo.

Dii fundunt munera sine intermissione diebus ac noctibus. Beneficia illorum nunc offeruntur ultro, nunc dantur orantibus. Quis est qui non senserit munificentiam deorum ? Nemo est expers beneficiorum cœlestium : nemo est ad quem non aliquid manaverit ex fonte illo benignissimo.

CAPUT IV.

Deus regit ac videt cuncta.

I. Mundus administratur providentia deorum ; iidemque consulunt rebus humanis, nec solum universis, verum etiam singulis.

Hoc sit persuasum hominibus omnibus deos esse dominos ac moderatores rerum omnium; et ea quæ gerantur, geri numine

vons qu'à y penser, qu'à le vouloir, et cela sans aucun effort ; de même la puissance divine peut former, mouvoir, changer toutes choses.

VI. De quelque côté qu'on se tourne, on rencontre Dieu devant soi ; il n'y a rien où il ne soit ; il remplit lui-même tout ce qu'il a fait.

VII. Les avantages dont nous jouissons, la lumière qui nous éclaire et l'air que nous respirons, sont un don et un bienfait de la divinité.

Les dieux versent leurs présents sans relâche, nuit et jour. Leurs bienfaits sont tantôt offerts spontanément, tantôt accordés à nos prières. Quel est l'homme qui n'ait jamais éprouvé la munificence des dieux ? Personne n'est déshérité des présents du ciel : il n'est pas un de nous sur qui rien n'ait découlé de cette source bienfaisante.

CHAPITRE IV.

Dieu gouverne tout et voit tout.

I. La providence des dieux gouverne le monde ; elle veille sur tous les intérêts, soit généraux, soit particuliers.

Les hommes doivent être convaincus que les dieux sont les maîtres et les régulateurs de toutes choses ; que tout ce qui se fait, se fait par leur ordre et par leur volonté ; qu'ils voient les dispositions

sic omnia possunt
fieri, moveri, mutari
numine deorum.

VI. Quocumque
flexeris te,
habebis ibi Deum
occurrentem tibi :
nihil vacat ab illo,
ipse implet suum opus.

VII. Commoda
quibus utimur,
lux qua fruimur,
spiritus quem ducimus,
dantur nobis
et impertiuntur a Deo.

Dii fundunt munera
sine intermissione
diebus ac noctibus.
Beneficia illorum
nunc offeruntur ultro,
nunc dantur orantibus.
Quis est qui non senserit
munificentiam deorum?
Nemo est expers
beneficiorum cœlestium :
est nemo ad quem
aliquid non manaverit
ex illo fonte benignissimo.

de même toutes-choses peuvent
être faites, être mues, être changées
par la puissance des dieux.

VI. De quelque côté que
tu aies tourné toi,
tu auras là Dieu
se présentant à toi :
rien n'est-vide de lui,
lui-même remplit son ouvrage.

. VII. Les avantages
dont nous nous servons,
la lumière dont nous jouissons,
l'air que nous respirons,
sont donnés à nous
et sont départis par Dieu.

Les dieux versent *leurs* présents
sans relâche
les jours et les nuits.
Les bienfaits d'eux
tantôt sont offerts spontanément,
tantôt sont donnés à *nous* priant.
Quel est *celui* qui n'ait pas ressenti
la munificence des dieux?
Personne n'est sans-participation
aux bienfaits célestes :
il *n*'est personne vers qui
quelque chose n'ait pas découlé
de cette source très-bienfaisante.

CAPUT IV.

I. Mundus administratur
providentia deorum ;
iidemque consulunt
rebus humanis,
nec solum universis,
verum etiam singulis.

Hoc sit persuasum
omnibus hominibus,
deos esse dominos
ac moderatores
omnium rerum ;
et ea quæ gerantur,
geri numine
ac judicio eorum ;

CHAPITRE IV.

I. Le monde est gouverné
par la providence des dieux ;
et les mêmes *dieux* veillent
sur les choses humaines,
et non-seulement sur toutes-en-général,
mais encore sur chacune-en-particulier.

Que ceci soit persuadé
à tous les hommes,
les dieux être les maîtres
et les régulateurs
de toutes choses ;
et ce qui se fait,
être fait par la volonté
et par le jugement d'eux ;

ac judicio eorum ; eosdem intueri quali mente quisque sit, et
habere rationem piorum atque impiorum. Si mentes fuerint
imbutæ his opinionibus, metus supplicii divini revocabit
multos a scelere.

II. Ne quis putet se lucrari quidquam, si non habebit aliquem conscium delicti sui. Nam ille in cujus conspectu vivimus scit omnia. Patemus Deo ; approbemus nos ei.

Vivendum est tanquam vivamus in conspectu omnium :
cogitandum est tanquam aliquis possit inspicere in pectus
intimum : et potest. Nam quid prodest aliquid esse absconditum hominibus ? Nihil clausum est Deo : interest animis
nostris, et intervenit cogitationibus mediis ; imo nunquam
discedit.

Qui crediderit Deum inspicere cuncta, non peccabit, neque
clanculum, neque aperte.

III. Quum Thales interrogaretur an facta hominum fallerent
deos : « Illos ne cogitata quidem fallunt, » inquit. Admonuit

de chacun, et qu'ils font la différence de l'homme pieux et de l'impie. Si les esprits sont bien pénétrés de cette croyance, la crainte
des châtiments divins détournera du crime beaucoup d'entre nous.

II. Ne croyez pas gagner quelque chose parce que vous n'aurez
aucun témoin de vos fautes. Celui en présence de qui nous vivons,
connaît tout. Dieu voit notre cœur à nu ; faisons qu'il soit content
de nous.

Il faut vivre comme si nous vivions en public, et penser comme
si l'on pouvait voir au fond de notre cœur ; et on le peut aussi : car
que sert-il de se dérober à la connaissance des hommes ? Dieu connaît toutes choses ; il est présent dans notre âme ; il assiste à nos
pensées ; que dis-je ? il n'est jamais absent de nous.

Quiconque sera persuadé que Dieu voit tout, ne péchera ni en se-
cret ni au grand jour.

III. On demandait à Thalès si les actions des hommes échappent
aux regards des dieux : « Pas même leurs pensées, » répondit-il.
Par cette réponse il nous avertit de nous attacher à garder pures,

eosdem intueri
quali mente quisque sit.
et habere rationem
piorum atque impiorum.
Si mentes imbutæ fuerint
his opinionibus,
metus supplicii divini
revocabit
multos a scelere.
   II. Ne quis putet
se lucrari quidquam.
si non habebit aliquem
conscium sui delicti.
Nam ille,
in conspectu cujus vivimus,
scit omnia.
Patemus Deo ;
approbemus nos ei.
   Vivendum est
tanquam vivamus
in conspectu omnium :
cogitandum est
tanquam aliquis
possit inspicere
in intimum pectus,
et potest.
Nam quid prodest
aliquid esse absconditum
hominibus ?
Nihil est clausum Deo ;
interest nostris animis,
et intervenit
mediis cogitationibus ;
imo discedit nunquam.
   Qui crediderit
Deum inspicere cuncta,
non peccabit,
neque clanculum,
neque aperte.
   III. Quum Thales
interrogaretur
an facta hominum
fallerent deos :
« Ne cogitata quidem
fallunt illos, » inquit.
Admonuit nos
hoc responso

les mêmes *dieux* voir
dans quelle disposition chacun est,
et tenir compte
des *hommes* pieux et des impies.
si les esprits auront été (sont) pénétrés
de ces croyances,
la crainte du châtiment divin
rappellera (détournera)
beaucoup *de gens* du crime.
   II. Que quelqu'un ne pense pas
lui-même gagner quelque-chose,
s'il n'aura pas quelqu'un
témoin de sa faute.
Car celui,
en présence de qui nous vivons,
connaît toutes-choses.
Nous sommes-manifestes à Dieu ;
faisons-approuver nous à lui.
   Il faut vivre
comme si nous vivions
en présence de tous *les hommes;*
il faut penser
comme si quelqu'un
pouvait voir
au fond-de *notre* cœur,
et *quelqu'un* le peut.
Car en quoi sert-il
quelque chose être caché
aux hommes ?
Rien n'est fermé à Dieu ;
il est-présent dans nos âmes,
et il se-trouve
au-milieu-de *nos* pensées ;
même il ne s'*en* retire jamais.
   Celui qui aura cru
Dieu voir toutes-choses,
ne péchera pas,
ni secrètement,
ni ouvertement.
   III. Comme Thalès
était interrogé
si les actions des hommes
échappaient aux dieux :
« Pas même les pensées
n'échappent à eux, » dit-il.
Il avertit nous
par cette réponse

nos hoc responso ut velimus habere non solum manus puras, sed etiam mentes, quum numen cœleste adsit cogitationibus nostris secretis. Sextus[1] pythagoricus dixit simili sententia : « Agens injuste nequaquam latebis Deum, et ne cogitans quidem. »

CAPUT V.

Deus colitur et placatur pietate.

I. Prima officia debentur diis immortalibus, secunda patriæ, tertia parentibus, deinceps gradatim reliquis.

Tria sunt colenda maxime juvenibus: dii, parentes, leges.

Vir bonus est summæ pietatis erga deos; itaque sustinet animo æquo quidquid sibi acciderit. Scit enim id accidisse lege divina, qua universa reguntur.

Pietate adversus deos sublata, fides etiam, et societas humani generis, et, excellentissima virtus, justitia tollitur.

Debemus colere deos. Cultus autem deorum optimus est ut veneremur semper eos mente pura, integra, incorrupta. Deus

non pas seulement nos mains, mais nos âmes, dans la persuasion que la divinité assiste à nos pensées les plus secrètes. Le pythagoricien Sextus a dit dans le même sens : « Ni vos mauvaises actions, ni même vos mauvaises pensées, ne tromperont l'œil des dieux. »

CHAPITRE V.

C'est la piété qui honore Dieu et le rend propice.

I. Nos premières obligations sont envers les dieux ; les secondes envers la patrie ; les troisièmes envers nos parents ; les autres viennent ensuite par degrés d'importance.

Les jeunes gens surtout doivent honorer trois choses : les dieux, les parents et les lois.

L'homme de bien est rempli de piété envers les dieux ; aussi supporte-t-il d'une âme égale tout ce qui lui arrive, sachant que c'est un effet de la Providence divine qui conduit toutes choses.

Éteignez la piété envers les dieux, vous anéantirez la bonne foi, la société civile et, la principale des vertus, la justice.

Nous devons honorer les dieux. Or le culte le meilleur consiste à les révérer avec un cœur pur, innocent et sans tache. Dieu n'a

ut velimus habere puras
non solum manus,
sed etiam mentes,
quum numen cœleste
adsit
nostris cogitationibus
secretis.
Sextus pythagoricus dixit
sententia simili :
« Agens injuste latebis
nequaquam Deum,
et ne cogitans quidem. »

que nous voulions avoir pures
non-seulement *nos* mains,
mais encore *nos* âmes,
puisque la puissance céleste
assiste
à nos pensées
secrètes.
Sextus le pythagoricien a dit
dans un sens semblable :
« En agissant injustement tu n'échapperas
nullement à Dieu,
et pas même en pensant *injustement.* »

CAPUT V.

Deus colitur et placatur pietate.

I. Prima officia debentur
diis immortalibus,
secunda patriæ,
tertia parentibus,
deinceps gradatim reliquis.

Tria colenda sunt
maxime juvenibus :
dii, parentes, leges.

Vir bonus
est pietatis summæ
erga deos ;
itaque sustinet
animo æquo
quidquid acciderit sibi.
Scit enim id accidisse
lege divina,
qua universa reguntur.

Pietate adversus deos
sublata,
fides etiam,
et societas generis humani,
et, virtus excellentissima,
justitia tollitur.

Debemus colere deos.
Optimus autem cultus
deorum
est ut veneremur semper eos
mente pura,
integra, incorrupta.

CHAPITRE V.

Dieu est honoré et est apaisé par la piété.

I. Les premiers devoirs sont dus
aux dieux immortels,
les seconds à la patrie,
les troisièmes aux parents,
puis par-degrés aux autres.

Trois choses doivent être honorées
surtout par les jeunes gens :
les dieux, les parents, les lois.

L'homme de-bien
est d'une piété très-haute
envers les dieux ;
c'est-pourquoi il supporte
avec une âme égale
tout ce qui arrive à lui-même.
Il sait en effet cela être arrivé
d'après la loi divine,
par laquelle toutes choses sont conduites.

La piété envers les dieux
étant supprimée,
la bonne-foi aussi,
et la société du genre humain,
et, *cette* vertu la plus élevée,
la justice est supprimée.

Nous devons honorer les dieux.
Or le meilleur culte
des dieux
est que nous révérions toujours eux
avec un cœur pur,
innocent, exempt-de-souillure.

nullum habet locum in terra gratiorem anima pura. Non templa sunt struenda illi e saxis congestis in altitudinem : est consecrandus cuique in suo pectore.

Pietas et sanctitas efficiet deos placatos.

II. Animadverto deos non tam lætari precibus adorantium concinnatis arte et cura, quam illorum innocentia et sanctitate ; et eum esse gratiorem diis, qui intulerit delubris eorum mentem puram et castam, quam illum qui cum carmine meditato accesserit.

Deus colitur non corporibus opimis taurorum contrucidatis, non auro, non argento, non stipe infusa in thesauros, sed voluntate pia et recta. Itaque boni sunt religiosi etiam oblato farre ac farina ; mali contra non effugiunt impietatem, quamvis cruentaverint aras multo sanguine.

Facito sacra diis caste et pure pro facultate ; atque placa

point sur la terre d'habitation plus agréable qu'une âme pure. Il n'est pas nécessaire de lui élever des temples magnifiques : chacun doit lui consacrer un sanctuaire dans son cœur.

La piété et la sainteté de la vie nous rendent les dieux propices.

II. Je remarque que les dieux sont moins sensibles à des prières composées avec art et avec étude qu'à l'innocence et à la sainteté de leurs adorateurs ; on est plus agréable à leurs yeux en apportant à leurs autels une âme pure et honnête, qu'en s'en approchant avec des formules préparées.

La piété n'est pas dans une hécatombe de taureaux superbes, ni dans l'or ou l'argent, ni dans les aumônes versées dans les trésors, mais dans la droiture et la pureté du cœur. Aussi l'homme de bien se rend agréable à Dieu avec un simple gâteau de farine, tandis que le méchant ne se débarrasse pas de son impiété, quoiqu'il baigne l'autel dans des flots de sang.

Fais des sacrifices aux dieux selon tes moyens, mais avec un cœur

Deus habet in terra
nullum locum gratiorem
anima pura.
Templa
non struenda sunt illi
e saxis
congestis in altitudinem ;
consecrandus est cuique
in suo pectore.

   Pietas et sanctitas
efficiet deos placatos.

   II. Animadverto deos
lætari non tam
precibus adorantium
concinnatis arte.
et cura,
quam innocentia
et sanctitate illorum ;
et eum qui intulerit
delubris eorum
mentem puram et castam
esse gratiorem diis,
quam illum qui accesserit
cum carmine meditato.

   Deus colitur
non corporibus opimis
taurorum
contrucidatis,
non auro,
non argento,
non stipe infusa
in thesauros,
sed voluntate
pia et recta.
Itaque boni
sunt religiosi
etiam farre oblato
ac farina ;
contra mali
non effugiunt impietatem,
quamvis
cruentaverint aras
sanguine multo.

   Facito sacra diis
caste et pure
pro facultate ;
atque placa eos

Dieu *n*'a sur la terre
aucun lieu (séjour) plus agréable
qu'une âme pure.
Des temples
ne doivent pas être élevés à lui
de pierres
entassées en hauteur ;
il doit être consacré à chacun (chacun doit
dans son cœur.   [lui faire un temple)

   La piété et la pureté
rendront les dieux propices.

   II. Je remarque les dieux
se réjouir non autant
des prières des adorateurs
arrangées avec art
et avec soin,
que de l'innocence
et de la pureté d'eux ;
et celui qui aura apporté
aux temples d'eux
une âme pure et chaste
être plus agréable aux dieux,
que celui qui se sera approché
avec une formule étudiée.

   Dieu est honoré
non par les corps gras
de taureaux
égorgés-en-masse,
non par l'or,
non par l'argent,
non par l'aumône versée
dans les trésors,
mais par une volonté
pieuse et droite.
C'est-pourquoi les *gens* de-bien
sont religieux
même un *simple* gâteau étant offert
et de la farine ;
au-contraire les méchants
n'évitent pas l'impiété,
quoique
ils aient ensanglanté les autels
d'un sang abondant.

   Fais des sacrifices aux dieux
saintement et purement
selon *tes* moyens
et apaise-les

eos et quando ieris cubitum et quando tempus matutinum venerit, ut sint animo benevolo in te.

CAPUT VI.

Deus est colendus magis pie quam magnifice.

I. « Homines adeant caste ad deos, adhibeant pietatem, amoveant opes. » Significat hæc lex probitatem esse gratam diis, et sumptum esse removendum ab eorum cultu. Quum enim paupertas nemini debeat esse probro inter homines, non est arcenda ab aditu deorum; præsertim quum nihil sit futurum minus gratum ipsi Deo, quam viam ad colendum se et placandum non patere omnibus.

Quum Socrates[1] faceret sacra tenuia de facultatibus exiguis, putabat se non præstare minus quam eos qui de magnis opibus cæderent hostias multas. Etenim aiebat non decere deos ut gauderent potius sacrificiis magnis quam exiguis ; quia, quum

pur et innocent; prie-les avant le repos de la nuit et au retour de l'aurore, afin de mériter leur bienveillance.

CHAPITRE VI.

Il faut honorer Dieu avec plus de respect que de magnificence.

I. « Que l'on s'approche des dieux avec sainteté , qu'on apporte vers eux une âme pieuse, et qu'on écarte les richesses. » Voici le sens de ce commandement: c'est la pureté de l'âme qui est agréable à Dieu, et le luxe doit être éloigné de leur culte. En effet, puisque la pauvreté ne doit être pour personne un sujet de honte parmi les hommes, on ne doit pas interdire au pauvre l'accès des dieux , surtout quand rien ne peut être moins agréable à la divinité que de voir que la porte n'est pas ouverte à tous pour l'adorer et se la rendre propice.

Socrate, offrant de modiques sacrifices proportionnés à ses faibles ressources, croyait n'avoir pas moins de mérite que ceux qui, avec de grandes richesses, immolaient de nombreuses victimes. « En effet, disait-il, les dieux auraient tort de préférer les grands sacrifices aux

et quando ieris cubitum
et quando tempus
matutinum
venerit,
ut sint in te
animo benevolo.

et quand tu seras allé te-coucher
et quand le temps
du-matin
sera venu,
afin qu'ils soient envers toi
d'un esprit bienveillant.

CAPUT VI.

Deus colendus est
magis pie quam magnifice.

I. « Homines
adeant ad deos
caste,
adhibeant pietatem,
amoveant opes. »
Hæc lex significat
probitatem
esse gratam diis,
et sumptum
removendum esse
a cultu eorum.
Quum enim paupertas
debeat esse probro
nemini inter homines,
non arcenda est
ab aditu deorum ;
præsertim quum nihil
futurum sit
minus gratum Deo ipsi,
quam viam ad colendum
et placandum se
non patere omnibus.
Quum Socrates
faceret sacra tenuia
de facultatibus exiguis,
putabat se
non præstare minus
quam eos qui
de opibus magnis
cæderent hostias multas.
Etenim aiebat
non decere deos
ut gauderent potius
sacrificiis magnis
quam exiguis ;

CHAPITRE VI.

Dieu doit être honoré
plus pieusement que magnifiquement.

I. « Que les hommes
s'approchent des dieux
saintement,
qu'ils apportent la piété,
qu'ils écartent les richesses. »
Ce commandement signifie
la probité
être agréable aux dieux,
et le luxe
devoir être éloigné
du culte d'eux.
Comme en effet la pauvreté
ne doit être à honte
à personne parmi les hommes,
elle ne doit pas être repoussée
de l'accès des dieux ;
surtout quand rien
ne doit être
moins agréable à Dieu même,
que la voie pour honorer
et apaiser lui-même
n'être pas ouverte à tous.
Lorsque Socrate
faisait des sacrifices modiques
avec *ses* ressources faibles,
il pensait lui-même
ne pas faire moins
que ceux qui
avec des richesses grandes
immolaient des victimes nombreuses.
En effet il disait
ne pas convenir aux dieux
qu'ils se réjouissent plutôt
des sacrifices grands
que des *sacrifices* petits ;

scelesti sint plerumque ditiores viris bonis, eorum sacrificia futura essent acceptiora. Itaque existimabat sacra illa et munera esse maxime grata diis, quæ offerrentur ab hominibus maxime piis.

II. Apud veteres Romanos dii colebantur magis pie quam magnifice ; placabantque eos eo efficacius, quo simplicius, ex libamentis victus sui, farre et sale.

L. Papirius imperator, adversus Samnites dimicaturus, fecit votum Jovi, si vicisset, pocillum vini. Imagines fictiles deorum erant tum laudatissimæ : nullæ conficiebantur ex auro. nullæ ex argento. Nec deinde rempublicam pœnituit eorum qui coluerant deos tales. Quippe Jupiter videbatur esse magis propitius, quum statuæ ejus fingerentur ex argilla, non vero conflarentur ex auro. Simulacra deorum lignea aut fictilia sunt dicata Romæ in templis usque ad Asiam devictam, unde luxuria invasit Urbem.

petits ; comme les méchants sont ordinairement plus riches que les gens de bien, il s'ensuivrait que leurs sacrifices seraient reçus plus favorablement. » Aussi pensait-il que les offrandes et les sacrifices les plus agréables aux dieux étaient ceux des personnes les plus pieuses.

II. Chez les Romains, on honorait les dieux avec plus de piété que de magnificence ; c'était avec les prémices de la nourriture, de la farine et du sel, que l'on se rendait les dieux favorables, et l'offrande avait d'autant plus d'efficacité qu'elle était plus simple.

Le général L. Papirius, près de marcher contre les Samnites, voua à Jupiter une petite coupe de vin s'il était victorieux. Les statues des dieux en argile étaient alors les plus estimées ; on n'en faisait ni en or ni en argent. Plus tard, la république ne rougit pas d'honorer ceux qui avaient adoré de tels dieux. En effet, Jupiter semblait plus propice quand les statues étaient d'argile au lieu d'être en or. Ce furent des statues de bois ou de terre que l'on consacra aux dieux dans les temples jusqu'à la conquête de l'Asie, d'où le luxe vint envahir Rome.

quia, quum scelesti	parce que, comme les scélérats
sint plerumque ditiores	sont ordinairement plus riches
viris bonis,	que les gens de bien,
sacrificia eorum	les sacrifices d'eux
futura essent acceptiora.	devraient être plus agréables.
Itaque existimabat	C'est-pourquoi il pensait
illa sacra et munera,	ces sacrifices et *ces* offrandes,
quæ offerrentur	qui étaient offerts
ab hominibus maxime piis	par les hommes les plus pieux
esse maxime grata diis.	être les plus agréables aux dieux.
II. Apud veteres Romanos	II. Chez les anciens Romains
dii colebantur	les dieux étaient honorés
magis pie quam magnifice;	plus pieusement que magnifiquement;
placabantque eos	et ils rendaient-propices eux
eo efficacius	d'autant plus efficacement
quo simplicius,	qu'*ils les honoraient* plus simplement,
ex libamentis sui victus,	avec les prémices de leur nourriture,
farre et sale.	*avec de la* farine et *du* sel.
L. Papirius imperator,	L. Papirius général,
dimicaturus	devant combattre
adversus Samnites,	contre les Samnites,
fecit votum Jovi,	fit un vœu à Jupiter,
pocillum vini,	une petite-coupe de vin,
si vicisset.	s'il avait vaincu (vainquait).
Imagines ficʒiles deorum	Les statues d'-argile des dieux
erant tum laudatissimæ :	étaient alors les plus louées (estimées) :
nullæ	aucunes
conficiebantur ex auro,	n'étaient faites d'or,
nullæ ex argento.	aucunes d'argent.
Nec deinde	Et ensuite
pœnituit rempublicam	honte-ne-fut-pas à la république
eorum qui coluerant	de ceux qui avaient honoré
deos tales.	des dieux tels.
Quippe Jupiter	En effet Jupiter
videbatur	paraissait
esse magis propitius,	être plus propice,
quum statuæ ejus	lorsque les statues de lui
fingerentur ex argilla,	se façonnaient d'argile,
non vero conflarentur	mais ne se fondaient pas
ex auro.	d'or.
Simulacra deorum	Des statues des dieux
lignea aut fictilia	en-bois ou en-terre
dicata sunt Romæ	furent consacrées à Rome
in templis	dans les temples [l'Asie),
usque ad Asiam devictam,	jusqu'à l'Asie vaincue (la conquête de
unde luxuria	d'où le luxe
invasit Urbem.	envahit la Ville.

III. Alexander Magnus dicitur coluisse magnifice deos a pueritia. Quum aliquando faciens sacrum injecisset manibus ambabus tura in ignem, Leonidas, pædadogus ejus : « Adolebis, inquit, sic, quum subegeris regiones eas ubi tura nascuntur; interea utere parce præsentibus. » Postea Alexander, Arabia, regione turifera, redacta in dictionem suam, memor reprehensionis olim factæ a Leonida, misit ei tura multa odoresque alios, admonuitque ne vellet posthac esse parcus in honoribus deorum.

CAPUT VII.

Impii non placant Deum donis.

I. Impii audiant Platonem [1], qui vetat dubitare qua mente Deus sit futurus in se ipsos, quum vir nemo probus velit donari se ab improbo.

Jucundum non esset viro probo accipere dona quæ non

III. Alexandre le Grand honora, dit-on, les dieux avec magnificence dès son enfance. Un jour qu'il offrait un sacrifice, il jetait l'encens à pleines mains sur le feu : « Vous en brûlerez ainsi, lui dit Léonidas, son précepteur, quand vous aurez soumis les contrées qui produisent l'encens ; en attendant, soyez économe de ce que vous avez. » Plus tard Alexandre, ayant réduit l'Arabie, pays où croît l'encens, se rappela le reproche que lui avait autrefois adressé Léonidas ; il lui envoya beaucoup d'encens et d'autres parfums, et l'avertit de ne plus être à l'avenir économe dans le culte des dieux.

CHAPITRE VII.

Les impies ne se rendent pas la divinité favorable par leurs présents.

I. Que les impies écoutent Platon : « Quelle sera, leur dit-il, la disposition des dieux à votre égard ? En pouvez-vous douter, lorsqu'il n'est pas un homme de bien qui voulût recevoir les présents d'un méchant ? »

Un homme de bien n'aimerait pas à recevoir des présents qu'il saurait lui être donnés avec un cœur corrompu. Avec la piété, il

III. Alexander Magnus
dicitur
coluisse magnifice deos
a pueritia.
Quum faciens aliquando
sacrum,
injecisset
ambabus manibus
tura in ignem,
Leonidas, pædagogus ejus :
« Adolebis sic, inquit,
quum subegeris
eas regiones
ubi tura nascuntur ;
interea utere parce
præsentibus. »
Postea, Arabia,
regione turifera,
redacta in suam ditionem,
Alexander, memor
reprehensionis factæ olim
a Leonida,
misit ei multa tura
aliosque odores,
admonuitque ne vellet
posthac esse parcus
in honoribus deorum.

III. Alexandre le Grand
est dit
avoir honoré magnifiquement les dieux
dès l'enfance.
Lorsque faisant un jour
un sacrifice,
il eut jeté
des deux mains
l'encens dans le feu,
Léonidas, précepteur de lui :
« Tu *en* brûleras ainsi, dit-il,
lorsque tu auras soumis
ces pays
où les encens naissent (sont produits) ;
en-attendant sers-toi économiquement
de ceux présents (que tu as). »
Plus tard, l'Arabie,
pays qui-produit-l'encens,
ayant été réduite en son pouvoir,
Alexandre, se souvenant
du reproche fait autrefois
par Léonidas,
envoya à lui beaucoup d'encens
et d'autres parfums,
et *l'*avertit qu'il ne voulût pas
à-l'avenir être économe
dans les honneurs des (rendus aux) dieux.

CAPUT VII.

Impii non placant Deum donis

CHAPITRE VII.

Les impies n'apaisent pas Dieu par des présents.

I. Impii
audiant Platonem,
qui vetat dubitare
qua mente Deus
futurus sit in se ipsos,
quum nemo vir probus
velit se donari
ab improbo.
Accipere dona
quæ non ignoraret
dari animo malo,
non esset jucundum
viro probo.
Si pietas adsit,

1. Que les impies
écoutent Platon,
qui défend de douter
dans quelle disposition Dieu
doit être envers eux-mêmes,
puisque aucun homme vertueux
ne voudrait lui-même être gratifié-de-
par un méchant.   [présents
Recevoir des présents
qu'il n'ignorerait pas
être donnés dans une intention mauvaise,
ne serait pas agréable
à un homme vertueux.
Si la piété est-présente,

ignoraret dari animo malo. Si pietas adsit, nihil non potest esse gratum Deo; contra autem, si desit.

Scelesti inducunt in animum suum se posse placare Jovem donis et hostiis ; at perdunt operam et sumptum.

Bias[1] navigabat aliquando cum impiis; quum vero, tempestate exorta, navis quateretur fluctibus, illique invocarent deos : « Silete, inquit, ne dii audiant vos navigare in hac nave. » Idem nihil respondit homini impio percontanti quid esset pietas. Quumque ille sciscitaretur causam silentii : « Taceo, inquit, quia quæris de rebus nihil pertinentibus ad te. »

II.   Puras Deus, non plenas adspicit manus

Mentes deorum possunt placari pietate, et religione, et precibus justis, non superstitione contaminata, neque hostiis cæsis ad perficiendum scelus.

Æschinus dicit apud Terentium[2] patri : « Pater, tu comprecare deos potius quam ego : nam certe scio eos obtemperaturos tibi magis, quod es vir melior multo quam ego sum. »

n'est rien qui ne puisse être agréable à Dieu ; c'est le contraire si elle manque.

Les méchants s'imaginent qu'ils peuvent apaiser Jupiter par des présents et se le concilier ; mais ils perdent leur peine et leur argent.

Bias naviguait un jour avec des impies ; survint une violente tempête, et, comme le vaisseau était battu des flots, ils invoquaient les dieux : « Taisez-vous, leur dit-il ; n'allez pas faire entendre aux dieux que vous êtes sur ce vaisseau. » Le même sage ne répondit rien à un impie qui voulait savoir de lui ce que c'est que la piété. Comme on lui demandait pourquoi il gardait le silence : « Je me tais, dit-il, parce que vous me questionnez sur des choses qui ne vous regardent pas. »

II. Dieu regarde les mains pures et non les mains pleines.

C'est la piété, la religion, ce sont les justes prières qui fléchissent les dieux, et non une superstition honteuse, ni les victimes immolées pour le succès d'un crime.

Eschine dit à son père dans Térence : « Mon père, priez les dieux plutôt que moi ; je suis certain qu'ils écouteront mieux vos prières, car vous êtes bien plus vertueux que moi. »

nihil non potest
esse gratum Deo ;
contra autem, si desit.

Scelesti inducunt
in suum animum
se posse placare Jovem
donis et hostiis ;
at perdunt
operam et sumptum.

Bias
navigabat aliquando
cum impiis :
quum vero navis,
tempestate exorta,
quateretur fluctibus,
illique invocarent deos :
« Silete, inquit,
ne dii audiant
vos navigare in hac nave.»
Idem respondit nihil
homini impio percontanti
quid pietas esset.
Quumque ille sciscitaretur
causam silentii :
« Taceo, inquit,
quia quæris de rebus
pertinentibus nihil ad te. »

II. Deus
adspicit manus puras,
non plenas.

Mentes deorum
possunt placari pietate,
et religione,
et precibus justis,
non superstitione
contaminata,
neque hostiis cæsis
ad perficiendum scelus.

Æschinus dicit patri
apud Terentium :
« Pater,
tu comprecare deos
potius quam ego :
nam scio certe eos
obtemperaturos tibi magis,
quod es vir multo melior
quam ego sum. »

il n'est rien *qui* ne puisse
être agréable à Dieu ;
mais *il en est* autrement, si elle manque.

Les méchants mettent
dans leur esprit
eux-mêmes pouvoir apaiser Jupiter
par des présents et des victimes ;
mais ils perdent
leur soin et *leur* dépense.

Bias
naviguait un jour
avec des impies :
mais comme le vaisseau,
une tempête s'étant élevée,
était battu par les vagues,
et qu'ils invoquaient les dieux :
« Taisez-vous, *leur* dit-il,
de peur que les dieux n'entendent
vous naviguer sur ce vaisseau. »
Le même (Bias) *ne* répondit rien
à un homme impie demandant
ce que la piété était.
Et comme celui-là *l'*interrogeait
sur la cause de *son* silence :
« Je me-tais, dit-il,
parce que tu questionnes sur des choses
*n'*ayant-rapport en rien à toi. »

II. Dieu
regarde les mains pures,
non les *mains* pleines.

Les esprits des dieux
peuvent être rendus-propices par la piété,
et par la religion,
et par des prières innocentes,
non par une superstition
souillée,
ni par des victimes immolées
pour accomplir le crime.

Eschine dit à *son* père
dans Térence :
« *Mon* père,
toi prie les dieux
plutôt que moi :
car je sais certainement eux
devoir écouter toi plutôt,
parce que tu es homme bien meilleur
que moi je *ne* suis. »

Cultus primus deorum est credere deos, deinde scire eos
esse qui præsident mundo, qui gerunt tutelam generis humani,
curiosi singulorum. Vis propitiare deos? esto bonus. Quisquis
imitatus est eos, satis coluit.

Ille honorat Deum optime, qui facit mentem suam similem
Deo, quantum potest fieri.

Dilige Deum plus quam animam. Si non diligis Deum, non
ibis ad Deum. Non amabis autem Deum, nisi habueris in te
aliquid simile Dei.

Conandum est ut efficiamur similes Deo, quantum licet
homini. Homo autem efficitur similis Deo prudentia, justitia,
sanctitate.

CAPUT VIII.

Mens bona et inventio artium veniunt a Deo.

I. Virtus non advenit a natura, neque a doctrina, sed a
numine divino. Natura non dat virtutem. Nascimur quidem
ad hoc, sed sine hoc.

Nemo vir bonus est sine Deo. An potest aliquis exsurgere

Le premier culte à rendre aux dieux, c'est de croire qu'il y a des
dieux; il faut savoir ensuite que ce sont eux qui gouvernent le
monde, qui prennent soin du genre humain et s'occupent de chacun
en particulier. Voulez-vous que les dieux vous soient propices?
soyez homme de bien. C'est les honorer que les imiter.

Le plus bel hommage que l'on puisse offrir à la divinité, c'est de
rendre son âme semblable à Dieu, autant qu'il est possible.

Aimez Dieu plus que la vie. Si vous n'aimez pas Dieu, vous n'irez
pas à lui. Or, vous n'aimerez Dieu qu'autant que vous aurez en
vous quelque chose de semblable à lui.

Tâchons de nous rendre semblables à Dieu, autant que cela est
possible à l'homme. Or ce qui rend l'homme semblable à Dieu, c'est
la sagesse, la justice, la sainteté de la vie.

CHAPITRE VIII.

La sagesse et l'invention des arts viennent de Dieu.

I. La vertu ne procède pas de la nature ni de l'instruction, mais
de la divinité. La vertu n'est point un don de la nature; nous nais-
sons pour elle, mais sans elle.

Sans Dieu personne n'est homme de bien; pourrait-on, sans son

Primus cultus deorum	Le premier culte des dieux
est credere deos,	est de croire les dieux, [eux)
deinde scire eos esse	puis de savoir eux être ceux (que ce sont
qui præsident mundo,	qui président au monde,
qui gerunt tutelam	qui exercent la tutelle
generis humani,	du genre humain,
curiosi singulorum.	soigneux de chacun-en-particulier.
Vis propitiare deos ?	Veux-tu rendre-propices les dieux ?
esto bonus.	sois homme-de-bien.
Quisquis imitatus est eos,	Quiconque a imité eux,
coluit satis.	*les* a honorés assez.
Ille qui facit	Celui qui rend
suam mentem	son âme
similem Deo,	semblable à Dieu,
quantum potest fieri,	*autant* que *cela* peut être fait,
honorat optime Deum.	honore le mieux Dieu.
Dilige Deum	Aime Dieu
plus quam animam.	plus que la vie.
Si non diligis Deum,	Si tu n'aimes pas Dieu,
non ibis ad Deum.	tu n'iras pas à Dieu.
Non autem amabis Deum,	Or tu n'aimeras pas Dieu,
nisi habueris in te	à moins que tu n'aies eu en toi
aliquid simile Dei.	quelque chose de semblable à Dieu.
Conandum est	Il faut nous efforcer
ut efficiamur	pour que nous soyons faits
similes Deo,	semblables à Dieu,
quantum licet homini.	*autant* qu'il est permis à l'homme.
Homo autem	Or l'homme
efficitur similis Deo	est fait semblable à Dieu
prudentia,	par la sagesse,
justitia, sanctitate.	par la justice, par la sainteté.

CAPUT VIII.

CHAPITRE VIII.

Mens bona et inventio artium
veniunt a Deo.

Un esprit sage et l'invention des arts
viennent de Dieu.

I. Virtus	I. La vertu
non advenit a natura,	ne procède pas de la nature,
neque a doctrina,	ni de l'instruction,
sed a numine divino.	mais de la puissance divine.
Natura non dat virtutem.	La nature ne donne pas la vertu.
Nascimur quidem ad hoc,	Nous naissons à-la-vérité pour cela,
sed sine hoc.	mais sans cela.
Nemo est vir bonus	Personne n'est homme de-bien
sine Deo.	sans Dieu.
An aliquis potest exsurgere	Est-ce que quelqu'un peut s'élever

supra fortunam, nisi adjutus ab illo? Ille dat consilia magnifica et recta : ille habitat in unoquoque virorum bonorum. Si videris hominem interritum periculis, intactum cupiditatibus, felicem inter adversa, placidum in tempestatibus, despicientem quasi ex loco superiore humana omnia, nonne admiraberis eum? nonne dices : « Virtus illa est major et altior corpusculo in quo est : vis divina descendit illuc. »

Si quis est animo excellente et moderato, si quis ridet quidquid ceteri mortales timent aut optant, cœlestis potentia agitat eum ac regit : res tanta non potest stare sine adminiculo numinis.

Itur ad astra frugalitate, temperantia, fortitudine, aliisque virtutibus. Dii non sunt fastidiosi, non invidi. Admittunt nos, et porrigunt manum ascendentibus. Imo, Deus venit ad homines et in homines. Mens bona nulla est sine Deo.

II. P. Scipio Africanus[1] nihil cœpit priusquam sedisset diutissime in cella Jovis, quasi acciperet inde mentem divinam

---

secours, se mettre au-dessus des atteintes de la fortune? C'est lui qui donne les vues éclatantes et justes ; il habite dans tous les gens de bien. Si vous remarquez un homme intrépide dans les dangers, invincible aux passions, heureux dans l'adversité, calme dans la tempête et qui voit au-dessous de lui toutes les choses humaines, ne l'admirerez-vous pas ? Ne direz-vous pas : « Cette vertu est trop grande et trop haute pour le petit corps où elle se trouve : une force divine est descendue en lui. »

Si quelqu'un est doué d'une âme supérieure et modérée, s'il se rit de tout ce que craignent ou désirent les autres mortels, c'est une puissance toute divine qui le fait agir et le gouverne; rien de si grand ne pourrait subsister sans l'assistance de la divinité.

On monte au ciel par la frugalité, par la tempérance, par le courage et les autres vertus. Les dieux ne dédaignent et ne trahissent personne. Ils nous reçoivent et tendent la main à ceux qui veulent monter. Bien plus, Dieu vient trouver les hommes, il s'établit en eux. L'âme ne peut être bonne, si Dieu n'est avec elle.

II. P. Scipion l'Africain, avant de rien commencer, s'asseyait toujours fort longtemps dans le sanctuaire de Jupiter, comme s'il

supra fortunam.
au-dessus de la fortune,
nisi adjutus ab illo ?
si-ce-n'est étant aidé par lui ?
Ille dat consilia
C'est lui (Dieu) *qui* donne des conseils
magnifica et recta :
brillants et justes :
ille habitat in unoquoque
c'est lui *qui* habite dans chacun
virorum bonorum.
des gens de-bien.
Si videris hominem
Si tu auras vu (tu vois) un homme
interritum periculis,
non-effrayé par les dangers,
intactum cupiditatibus,
non-touché par les passions,
felicem inter adversa,
heureux parmi les *événements* contraires,
placidum in tempestatibus,
calme dans les tempêtes,
despicientem
regardant-de-haut-en-bas
omnia humana
toutes les choses humaines
quasi ex loco superiore,
comme d'un lieu plus élevé,
nonne admiraberis eum ?
n'admireras-tu pas lui ?
nonne dices :
ne diras-tu pas :
« Illa virtus est major
« Cette vertu est plus grande
et altior corpusculo
et plus élevée que le petit-corps
in quo est :
dans lequel elle est :
vis divina descendit illuc. »
une force divine est descendue là. »
Si quis est animo
Si quelqu'un est *doué* d'une âme
excellente et moderato,
supérieure et modérée,
si quis ridet
si quelqu'un se rit
quidquid mortales timent
de tout ce que les mortels craignent
aut optant,
ou désirent,
potentia cœlestis
une puissance divine
agitat ac regit eum :
fait-agir et gouverne lui :
res tanta non potest stare
une chose si-grande ne peut subsister
sine adminiculo numinis.
sans l'assistance de la divinité.
Itur ad astra frugalitate,
On va aux astres (au ciel) par la frugalité,
temperantia, fortitudine,
par la tempérance, par le courage,
aliisque virtutibus.
et par les autres vertus.
Dii non sunt fastidiosi,
Les dieux ne sont point dédaigneux,
non invidi.
ils ne *sont* pas jaloux.
Admittunt nos,
Ils reçoivent nous,
et porrigunt manum
et tendent la main
ascendentibus.
à *nous* montant.
Imo, Deus venit
Bien plus, Dieu vient
ad homines et in homines.
vers les hommes et dans les hommes.
Nulla mens est bona
Aucune âme n'est bonne
sine Deo.
sans Dieu.
II. P. Scipio Africanus
II. P. Scipion l'Africain
cœpit nihil
ne commença (commençait) rien
priusquam sedisset
avant qu'il se fût assis (de s'être assis)
diutissime
très-longtemps
in cella Jovis,
dans la chapelle de Jupiter,
quasi acciperet inde
comme s'il recevait de là

et consilia salutaria reipublicæ. Propterea solitus erat ventitare in Capitolium ante diluculum.

Cicero, in oratione pro Sylla, palam prædicat consilium patriæ servandæ fuisse injectum sibi a diis, quum Catilina conjurasset adversus eam : « O dii immortales ! Vos profecto incendistis tum animum meum cupiditate conservandæ patriæ. Vos avocastis me a cogitationibus omnibus ceteris, et convertistis ad salutem unam patriæ. Vos denique prætulistis menti meæ clarissimum lumen in tenebris tantis erroris et inscientiæ. Tribuam enim vobis quæ sunt vestra. Nec vero possum dare tantum ingenio meo, ut dispexerim sponte mea, in tempestate illa turbulentissima reipublicæ, quid esset optimum factu. »

Nihil insolens et gloriosum exiit unquam ex ore Timoleontis[1] : qui quidem, quum audiret laudes suas prædicari, nun-

recevait de là un esprit divin et des conseils salutaires à la république. Aussi allait-il souvent au Capitole avant le point du jour.

Cicéron, dans son plaidoyer pour Sylla, déclare ouvertement que le dessein de sauver la patrie lui a été inspiré par les dieux , lors de la conjuration de Catilina contre Rome. « O dieux immortels ! s'écrie-t-il, c'est vous assurément qui avez alors enflammé mon âme du désir de sauver la patrie ; c'est vous qui avez détourné mon esprit de toute autre pensée, pour l'appliquer uniquement au salut de la république ; c'est vous enfin qui, au milieu des épaisses ténèbres de l'ignorance et de l'erreur, avez éclairé mon âme d'une si vive lumière. Car je vous rends ce qui vous appartient, et je ne saurais m'en faire accroire au point de penser que, dans cette affreuse tempête qui menaçait la république, j'ai pu de moi-même distinguer ce qu'il y avait de mieux à faire. »

Jamais il ne sortit de la bouche de Timoléon une parole qui annonçât l'arrogance et la vanité. Lorsqu'il entendait faire son éloge,

mentem divinam	un esprit divin
et consilia	et des conseils
salutaria reipublicæ.	salutaires à la république.
Propterea erat solitus	Pour-cela il était accoutumé
ventitare in Capitolium	à aller-souvent dans le Capitole
ante diluculum.	avant le point-du-jour.
In oratione pro Sylla,	Dans *son* discours pour Sylla,
Cicero prædicat palam	Cicéron déclare ouvertement
consilium patriæ servandæ	le dessein de la patrie devant être sauvée
injectum fuisse sibi	avoir été inspiré à lui-même
a diis,	par les dieux,
quum Catilina	après que Catilina
conjurasset adversus eam :	eut conspiré contre elle :
« O dii immortales !	« O dieux immortels !
vos profecto	vous assurément
incendistis tum	vous enflammâtes alors
meum animum	mon âme
cupiditate patriæ	du désir de la patrie
conservandæ.	devant être sauvée.
Vos avocastis me	Vous, vous détournâtes moi
ab omnibus ceteris	de toutes les autres
cogitationibus,	pensées,
et convertistis	et *me* tournâtes
ad salutem unam patriæ.	vers le salut seul de la patrie.
Vos denique	Vous enfin
prætulistis meæ menti	vous portâtes-devant mon esprit
lumen clarissimum	la lumière la plus vive
in tenebris tantis	dans les ténèbres si-grandes
erroris et inscientiæ.	de l'erreur et de l'ignorance.
Tribuam enim vobis	J'attribuerai en-effet à vous
quæ sunt vestra.	*les choses* qui sont les vôtres.
Nec vero possum dare	Et certes je ne puis donner (attribuer)
tantum meo ingenio,	tant *de valeur* à mon génie,
ut dispexerim	que j'aie discerné
mea sponte,	par mon impulsion-propre,
in illa tempestate	dans cette tempête
turbulentissima	très-orageuse
reipublicæ,	de la république,
quid esset optimum factu.»	quelle-chose était la meilleure à être-faite.»
Nihil insolens	Rien d'arrogant
et gloriosum	et d'orgueilleux
exiit unquam	ne sortit jamais
ex ore Timoleontis :	de la bouche de Timoléon :
qui quidem,	lequel à la vérité,
quum audiret	lorsqu'il entendait
suas laudes prædicari,	ses louanges être publiées,
nunquam dixit aliud	jamais ne dit autre chose

quam dixit aliud quam se habere atque agere gratias maximas diis, quod, quum statuissent liberare Siciliam a dominatu tyrannorum, voluissent se potissimum esse ducem hujus operis. Putabat enim nihil rerum humanarum agi sine numine deorum.

III. « Quidquid boni egeris, puta acceptum esse a diis, » inquiebat Bias.

M. Antoninus [1], in libro de vita sua, agit gratias diis verbis multis, quod dederint sibi sæpius monita et adjumenta ad instituendam vitam sapienter, quod eripuerint se et juvenem et senem ab occasionibus multis peccandi, quod concesserint bonos parentes, præceptores, amicos.

Quum divitiæ soleant afferre hominibus aut amorem voluptatis aut animi superbiam, opus est homini auxilio divino ut modestiam colat.

Credendum est neminem virorum bonorum talem fuisse, nisi adjuvante Deo. Et nemo unquam fuit vir magnus sine afflatu aliquo divino.

---

il se contentait de dire qu'il avait de grandes actions de grâces à rendre aux dieux, puisque voulant délivrer la Sicile de la domination des tyrans, ils l'avaient choisi de préférence pour être leur instrument dans une si noble tâche. Il pensait que rien ne se fait dans le monde sans la volonté des dieux.

III. « Tout ce que vous faites de bien, rapportez-le aux dieux, » disait Bias.

M. Antonin, dans l'histoire de sa vie, rend aux dieux de grandes actions de grâces pour l'avoir souvent averti et l'avoir aidé à se faire un plan de vie sage, pour l'avoir arraché, et jeune homme et vieillard, à une foule d'occasions de faillir, pour lui avoir donné de bons parents, de bons maîtres, de bons amis.

Les richesses inspirent ordinairement aux hommes l'amour des plaisirs ou l'orgueil : l'homme a donc besoin du secours des dieux pour pratiquer la modération.

Nous devons croire qu'on ne peut être homme de bien sans l'aide de la divinité. Jamais grand homme ne fut tel, si ce n'est par l'inspiration divine.

quam se habere atque agere	que lui-même avoir et rendre
maximas gratias	de très-grandes actions-de-grâces
diis,	aux dieux,
quod, quum statuissent	parce que, quand ils avaient résolu
liberare Siciliam	de délivrer la Sicile
a dominatu tyrannorum,	de la domination des tyrans,
voluissent	ils avaient voulu
se potissimum	lui-même de-préférence
esse ducem hujus operis.	être le chef de cette tâche.
Putabat enim	Il pensait en effet
nihil rerum humanarum	rien des choses humaines
agi	ne se faire
sine numine deorum.	sans la volonté des dieux.
III. « Puta	III. « Pense
quidquid egeris boni	tout ce que tu auras fait de bien
acceptum esse a diis, »	avoir été reçu (venir) des dieux, »
inquiebat Bias.	disait Bias.
M. Antoninus,	M. Antonin,
in libro de sua vita,	dans le livre sur sa vie,
agit gratias diis	rend grâces aux dieux
multis verbis,	par beaucoup de paroles,
quod dederint sibi	de ce que ils ont donné à lui-même
sæpius monita et adjumenta	plusieurs-fois des avertissements et des
ad vitam	pour *sa* vie [secours
instituendam sapienter,	devant être réglée sagement,
quod eripuerint se	de ce qu'ils ont arraché lui-même
et juvenem et senem	et jeune et vieillard
ab occasionibus multis	à des occasions nombreuses
peccandi,	de faire-des-fautes,
quod concesserint	de ce qu'ils *lui* ont accordé
parentes,	des parents,
præceptores,	des maîtres,
amicos bonos.	des amis bons.
Quum divitiæ soleant	Comme les richesses ont-coutume
afferre hominibus	d'apporter (inspirer) aux hommes
aut amorem voluptatis	ou l'amour du plaisir
aut superbiam animi,	ou l'orgueil de l'âme
opus est homini	besoin est à l'homme
auxilio divino	du secours divin
ut colat modestiam.	pour qu'il pratique la modération.
Credendum est	Il faut croire
neminem virorum bonorum	aucun des gens de-bien
fuisse talem,	n'avoir été tel,
nisi Deo adjuvante.	si-ce-n'est Dieu aidant.
Et nemo unquam	Et personne jamais
fuit magnus vir	ne fut grand homme
sine aliquo afflatu divino.	sans quelque inspiration divine

Si mens, virtus, fides, concordia inest in genere humano, unde hæc potuerunt defluere in terras, nisi a superis?

IV. Cura priscorum in inveniendo, benignitas in tradendo, est donum deorum. Si quis forte credit illa potuisse excogitari ab homine, intelligit ingrate munera deorum.

Ne dixeris illa, quæ invenimus, esse nostra. Semina artium omnium insita sunt nobis, et Deus magister ex occulto acuit et excitat ingenia.

CAPUT IX.

Templa ad augendam pietatem exstructa sunt.

Censeo delubra esse excitanda diis in urbibus. Nec sequor magos Persarum, quorum consilio Xerxes [1] dicitur inflammasse templa Græciæ. Indignabantur quippe includi parietibus deos, quibus omnia deberent esse patentia ac libera, quorumque hic mundus omnis esset templum et domus. Græci

---

Si les hommes ont en partage l'intelligence, la vertu, la foi, la concorde, d'où ces avantages peuvent-ils avoir découlé sur la terre, si ce n'est du ciel?

IV. L'application des anciens à faire des découvertes, leur bonté à nous les transmettre, sont une faveur des deux. Si l'on supposait qu'elles sont le fruit de l'imagination de l'homme, on apprécierait avec ingratitude les faveurs divines.

Ne dites pas que nos inventions nous appartiennent. Nous avons en nous les germes de tous les arts. Dieu est le grand maître qui à notre insu stimule et aiguillonne les génies.

CHAPITRE IX.

Les temples ont été bâtis pour augmener la piété.

Je veux qu'on élève des temples aux dieux lans les villes. Je ne suis pas de l'avis des mages de la Perse, qui conseillèrent, dit-on, à Xerxès de brûler les temples de la Grèce. Ils voyaient avec indignation qu'on renfermât dans des murs les dieux, à qui tout doit être ouvert et libre, et dont tout cet univers est le temple et la demeure.

Si mens, virtus,
fides, concordia
inest in genere humano,
unde hæc potuerunt
defluere in terras,
nisi a superis?

Si l'intelligence, la vertu,
la foi, la concorde
est (sont) dans le genre humain,
d'où ces *qualités* ont-elles pu
découler sur la terre,
si-ce-n'est de chez les *dieux* d'en-haut?

IV. Cura priscorum
in inveniendo,
benignitas in tradendo,
est donum deorum.
Si quis
credit forte illa
potuisse excogitari
ab homine,
intelligit ingrate
munera deorum.

IV. Le travail des anciens
à faire-des-découvertes,
leur bonté à *les* transmettre,
est un don des dieux.
Si quelqu'un
croit par-hasard ces choses
avoir pu être imaginées
par l'homme,
il juge avec-ingratitude
les faveurs des dieux.

Ne dixeris
illa, quæ invenimus,
esse nostra.
Semina omnium artium
sunt insita nobis,
et Deus magister
acuit et excitat ingenia
ex occulto.

N'ayez pas dit (ne dites pas)
ces choses que nous avons découvertes,
être nôtres.
Les germes de tous les arts
sont placés-en nous,
et Dieu *notre* maître
stimule et aiguillonne les génies
d'un *lieu* caché (à notre insu).

CAPUT IX.

Templa exstructa sunt
ad augendam pietatem.

CHAPITRE IX.

Les temples ont été élevés
pour augmenter la piété.

Censeo delubra
excitanda esse diis
in urbibus.
Nec sequor
magos Persarum,
consilio quorum
Xerxes dicitur
inflammasse
templa Græciæ.
Quippe indignabantur
deos, quibus
omnia deberent esse
patentia ac libera,
quorumque
omnis hic mundus
esset templum et domus,
includi parietibus.

Je suis d'avis des temples
devoir être élevés aux dieux
dans les villes.
Et je ne suis pas
les (l'opinion des) mages des Perses,
par le conseil desquels
Xerxès est dit
avoir incendié
les temples de la Grèce.
Car ils étaient indignés
les dieux, auxquels
toutes choses devaient être
ouvertes et libres,
et desquels
tout ce monde-ci
était le temple et la demeure,
être enfermés dans des murs.

et Romani melius sensere ac fecere : qui, licet agnoscerent divinum numen esse ubique diffusum, tamen, ut augerent pietatem nostram in deos, voluerunt illos incolere easdem urbes quas nos. Affert enim hæc opinio religionem utilem civitatibus. Si quidem bene dictum est a Pythagora[1], doctissimo viro, pietatem et religionem maxime versari in animis, quum rebus divinis operam damus in templis, cernentes simulacra deorum.

Thales, qui fuit unus e sapientibus illis septem, dixit oportere homines existimare deos omnia cernere, deorum omnia esse plena ; ut ubique tam sancte casteque agerent, quam si in fanis essent maxime religiosis.

Olim tanta reverentia præstabatur templis, ut in iis exscreare aut mungere nefas esset.

CAPUT X.

Tuta et honorata inter hostes pietas.

I. Quum Galli, capta urbe Roma, Capitolium obsiderent, et intenti essent ad id ne quis hostium posset evadere, juve-

---

Les Grecs et les Romains ont eu plus d'intelligence et de sagesse. Ils savaient que la divinité est répandue partout; cependant, pour augmenter notre piété envers les dieux, ils ont voulu leur faire habiter les mêmes villes que nous. Cette manière de voir introduit dans la cité la religion qui lui est si utile, selon cette belle parole du savant Pythagore : « Jamais la piété et la religion ne remplissent plus les âmes que lorsque nous sommes occupés du service divin dans les temples, en contemplant les statues des dieux. »

Thalès, qui fut un des sept sages, dit qu'il faut que les hommes pensent que les dieux voient tout, que tout est rempli des dieux; qu'alors ils seront partout aussi honnêtes, aussi vertueux, que s'ils étaient dans le plus auguste des temples.

Autrefois on avait tant de respect pour les temples, qu'il était défendu d'y cracher ou de s'y moucher.

CHAPITRE X

La piété trouve sûreté et honneur au milieu des ennemis.

I. Les Gaulois, maîtres de Rome, assiégeaient le Capitole, et veillaient à ce qu'aucun des ennemis ne pût échapper, quand un

Græci et Romani	Les Grecs et les Romains
sensere ac fecere melius :	ont pensé et ont fait mieux :
qui, licet agnoscerent	lesquels, quoiqu'ils reconnussent
numen divinum	la puissance divine
esse diffusum ubique,	être répandue partout,
tamen, ut augerent	cependant, afin qu'ils augmentassent
nostram pietatem in deos,	notre piété envers les dieux,
voluerunt illos incolere	ont voulu eux (les dieux) habiter
easdem urbes quas nos.	les mêmes villes que nous.
Hæc enim opinio	En effet cette opinion
affert religionem	apporte une religion
utilem civitatibus.	utile aux cités.
Si quidem dictum est bene	Si toutefois il a été dit sagement
a Pythagora,	par Pythagore,
viro doctissimo,	homme très-savant,
pietatem et religionem	la pieté et la religion
versari maxime in animis	se trouver le plus dans les âmes
quum damus operam	lorsque nous donnons *notre* soin
rebus divinis	aux choses divines
in templis,	dans les temples,
cernentes simulacra	contemplant les images
deorum.	des dieux.
Thales, qui fuit unus	Thalès, qui fut un
ex illis septem sapientibus,	de ces *fameux* sept sages,
dixit oportere	a dit falloir (qu'il faut)
homines existimare	les hommes penser
deos cernere omnia,	les dieux voir toutes choses,
omnia esse plena deorum ;	toutes choses être remplies des dieux ,
ut agerent ubique	afin qu'ils agissent partout
tam sancte casteque,	aussi saintement et purement,
quam si essent in fanis	que s'ils étaient dans les temples
maxime religiosis.	les plus augustes.
Tanta reverentia	Un si-grand respect
præstabatur olim templis,	était accordé autrefois aux temples,
ut exscreare	que cracher
aut mungere in iis	ou se moucher dans eux
esset nefas.	était une impiété.

CAPUT X.

CHAPITRE X.

Pietas tuta et honorata	La piété *est* sûre et honorée
inter hostes.	au-milieu des ennemis.
I. Quum Galli,	I. Lorsque les Gaulois,
urbe Roma capta,	la ville *de* Rome ayant été prise,
obsiderent Capitolium,	assiégeaient le Capitole,
et essent intenti ad id	et étaient attentifs à cela

nis Romanus convertit in se civium atque hostium admiratio-
nem. Sacrificium erat statum genti Fabiæ in colle Quirinali[1].
Ad quod faciendum quum C. Fabius Dorso descendisset e
Capitolio, ferens sacra manibus, per medios hostes transiit,
et, nihil motus voce cujusquam et minis, in Quirinalem col-
lem pervenit. Ibi omnibus rebus peractis solemniter, regres-
sus est via eadem qua iverat, similiter constanti vultu gra-
duque, sperans deos, quorum cultum ne in mortis quidem
periculo deseruisset, futuros esse sibi propitios. Et quidem
pietas ejus tuta fuit ab hostibus; rediitque in Capitolium ad
suos incolumis. Gallis aut attonitis miraculo juvenilis audaciæ,
aut motis religione, cujus negligens non erat gens illa.

II. Quum Camillus[2] pergeret ad delendam urbem Veios[3],
decimam partem prædæ voverat Apollini. Urbe capta ac di-
repta, ut liberaretur eo voto, senatus misit nave tres legatos,

jeune Romain appela sur lui l'attention de ses compatriotes et celle
de l'ennemi. Un sacrifice annuel avait été institué par la famille
Fabia sur le mont Quirinal. C. Fabius Dorso descend du Capitole
pour accomplir ce sacrifice, portant dans ses mains les objets consacrés au culte; il traverse les postes ennemis, et, sans s'émouvoir des
cris et des menaces, arrive au mont Quirinal. Après avoir achevé le
sacrifice selon les rites, il retourne par le même chemin, le regard et
la démarche également assurés, s'en remettant à la protection des
dieux dont il n'avait pas négligé le culte, au péril même de sa vie.
Les ennemis respectèrent sa piété; il rentra sain et sauf au Capitole
auprès des siens, à la vue des Gaulois étonnés d'une si merveilleuse
audace dans un jeune homme, ou pénétrés de ces sentiments de religion auxquels ce peuple n'était pas indifférent.

II. Lorsque Camille partit pour détruire la ville de Véies, il voua
à Apollon la dixième partie du butin. Après la prise et le pillage de
la ville, le sénat, voulant acquitter ce vœu, envoya sur un vaisseau

ne quis hostium	que quelqu'un des ennemis
posset evadere,	ne pût pas s'échapper,
juvenis Romanus	un jeune-homme romain
convertit in se	tourna vers lui-même (s'attira)
admirationem	l'admiration
civium atque hostium.	des citoyens et des ennemis.
Sacrificium erat statum	Un sacrifice était régulier
genti Fabiæ	à la famille Fabia
in colle Quirinali.	sur le mont Quirinal.
Quum, ad quod faciendum,	Lorsque, pour le faire
C. Fabius Dorso	C. Fabius Dorso
descendisset e Capitolio,	fut descendu du Capitole,
ferens sacra manibus,	portant les *objets* sacrés dans les mains,
transiit per medios hostes;	il passa par le-milieu-des ennemis;
et, motus nihil	et, ému en rien [fût'
voce et minis cujusquam,	par la voix et les menaces de qui-que-ce-
pervenit	il parvint
in collem Quirinalem.	sur le mont Quirinal.
Ibi omnibus rebus	Là toutes les choses
peractis solemniter,	ayant été accomplies selon-le-rite,
regressus est	il retourna [allé,
eadem via qua iverat,	par le même chemin par lequel il était
vultu graduque	avec le visage et la démarche
similiter constanti,	également assurés,
sperans deos, quorum	espérant les dieux, desquels
ne in periculo quidem	pas même dans un danger
mortis	de mort
deseruisset cultum,	il n'avait abandonné le culte,
futuros esse propitios sibi.	devoir être favorables à lui-même.
Et quidem pietas ejus	Et certes la piété de lui
fuit tuta ab hostibus;	fut en-sûreté du-côté-des ennemis;
rediitque incolumis	et il revint sain-et-sauf
in Capitolium ad suos,	au Capitole vers les siens,
Gallis aut attonitis	les Gaulois ou étant étonnés
miraculo	du prodige
audaciæ juvenilis,	de *cette* audace de-jeune-homme,
aut motis religione,	ou étant touchés par la religion,
cujus illa gens	dont ce peuple
non erat negligens.	n'était pas insouciant.
II. Quum Camillus	II. Lorsque Camille
pergeret	marchait
ad delendam urbem Veios,	pour détruire la ville *de* Véies,
voverat Apollini	il avait voué à Apollon
decimam partem prædæ.	la dixième partie du butin.
Urbe capta ac direpta,	La ville ayant été prise et pillée,
ut liberaretur eo voto,	afin qu'il fût acquitté de ce vœu,
senatus misit nave	le sénat envoya sur un vaisseau

qui ferrent Delphos [1] pateram auream, donum Apollini. Hi, ex-
cepti a Liparensibus piratis haud procul freto Siculo, devecti
sunt Liparas [2]. Mos erat civitatis prædam dividere, velut par-
tam publico latrocinio. Forte eo anno erat in summo magis-
tratu Timasitheus quidam, vir similior Romanis quam suis;
qui et legatos et deum, cui mittebatur donum, reveritus ipse,
multitudinem quoque justa religione implevit : adduxit in
publicum hospitium legatos; prosecutus est eos etiam cum
præsidio navium Delphos, et inde reduxit Romam sospites.
Senatus hospitium propterea cum illo institui voluit, donaque
ei publice sunt data.

CAPUT XI.

Publica religio privatis affectibus prælata.

Quum Galli ad Romam ferro et igne vastandam accelerare
dicerentur, et nulla spes esset urbem posse defendi, multi Ro-

trois députés qui devaient porter à Delphes une coupe d'or, destinée
à Apollon. Mais non loin du détroit de Sicile, ils furent pris par des
pirates liparotes , qui les emmenèrent à Lipares. L'usage de la cité
était de partager les prises entre tous. comme si l'on eût fait du bri-
gandage un revenu public. Par hasard, cette année, le premier ma-
gistrat du pays était un certain Timasithée, qui avait l'âme d'un
Romain plutôt que d'un pirate; pénétré de respect pour les députés e
pour le dieu auquel était destiné le présent, il inspira aussi à la mul-
titude des sentiments de religion et de justice; il reçut les député
comme hôtes de la nation, les escorta jusqu'à Delphes avec une flotte
et les reconduisit à Rome sains et saufs. Le sénat lui décerna le titr
d'hôte du peuple romain, et on lui fit des présents au nom de l'État.

CHAPITRE XI.

La religion de l'État préférée aux affections personnelles.

Lorsqu'on apprit que les Gaulois accouraient pour mettre Rome
feu et à sang, comme on n'avait aucun espoir de défendre la ville

tres legatos,	trois députés,
qui ferrent Delphos	qui portassent (pour porter) à Delphes
pateram auream,	une coupe d'-or,
donum Apollini.	présent pour Apollon.
Hi excepti	Ceux-ci ayant été surpris
a piratis Liparensibus,	par des pirates liparotes,
haud procul freto Siculo,	non loin du détroit de-Sicile,
devecti sunt Liparas.	furent transportés à Lipares.
Dividere prædam,	Partager le butin,
velut partam	comme produit
latrocinio publico	par un brigandage fait-au-nom-de-l'Etat
erat mos civitatis.	était la coutume dle la cité.
Forte eo anno	Par hasard cette année
quidam Timasitheus.,	un certain Timasithée,
vir similior Romanis	homme plus semblable aux Romains
quam suis.	qu'aux siens, [prême ;
erat in magistratu summo :	était dans (exerçait) la magistrature su-
qui ipse reveritus	lequel lui-même ayant respecté
et legatos et deum	et les ambassadeurs et le dieu
cui donum mittebatur,	à qui le présent était envoyé,
implevit quoque	remplit aussi
multitudinem	la multitude
justa religione :	d'un juste respect-religieux :
adduxit legatos	il amena les députés,
in hospitium	dans une maison-hospitalière
publicum ;	appartenant-à-l'État ;
prosecutus est etiam eos	il accompagna même eux
Delphos	à Delphes
cum præsidio navium,	avec une escorte de vaisseaux,
et reduxit inde	et *les* reconduisit de là
sospites Romam.	sains-et-saufs à Rome.
Propterea senatus	Pour-cela le sénat
voluit hospitium	voulut le droit-d'hospitalité
institui cum illo,	être établi avec lui,
et dona data sunt ei	et des présents furent donnés à lui
publice.	au-nom-de-l'État.

CAPUT XI.   CHAPITRE XI.

Religio publica   La religion publique
prælata affectibus privatis.   préférée aux affections privées

Quum Galli	Lorsque les Gaulois
dicerentur accelerare	étaient dits accourir
ad vastandam Romam	pour ravager Rome
ferro et igne,	par le fer et par le feu,
et nulla spes esset	et que aucun espoir n'était

manorum per agros dilapsi sunt, multi urbes petierunt finiti-
mas, asportantes quæcumque habebant pretiossissima.

Interim virgines Vestales[1], omissa rerum suarum cura, quum
consultassent quæ sacra secum ferenda essent et quæ relin-
quenda, quia vires deerant ad ferenda omnia, defoderunt in
loco sacro quædam condita in doliolis : alia ferentes, onere
inter se partito, ingressæ sunt viam quæ ducebat ad Janicu-
lum[2]. Eas quum conspexisset Albinus, e plebe Romana homo,
plaustro conjugem ac liberos vehens inter ceteram turbam
quæ Urbe excedebat, ratus est irreligiosum esse sanctas virgines pedibus ire, portantes manibus sacra populi Romani, se
vero ac suos in vehiculo conspici. Itaque statim omisso quod
inceperat itinere, descendere uxorem ac liberos jussit, virgines sacraque in plaustrum imposuit, et pervexit Cære[3], quo

une partie des citoyens se répandit dans les campagnes, les autres
se sauvèrent vers les villes voisines, emportant tout ce qu'ils avaient
de plus précieux.

Cependant les Vestales, sans se soucier de ce qui leur appartenait
en propre, examinaient quels seraient les objets du culte qu'elles em-
porteraient et ceux qu'elles laisseraient, car elles n'étaient pas assez
fortes pour tout transporter ; elles en enfermèrent donc une partie
dans de petits tonneaux qu'elles enfouirent dans un lieu sacré ; pour
le reste, elles se partagèrent le fardeau et prirent la route qui conduit
au Janicule. Elles furent aperçues par Albinus, plébéien, qui con-
duisait sur un chariot sa femme et ses enfants, à travers la foule qui
sortait de Rome. Cet homme jugea qu'il était contraire à la religion
que des vierges saintes portassent à pied les objets du culte public, tandis qu'on le voyait lui et les siens sur un chariot. Il renonça aussitôt
à poursuivre sa route, fit descendre sa femme et ses enfants, fit monter
à leur place les vierges et les choses saintes, et conduisit les Vestales

urbem posse defendi,	la ville pouvoir être défendue,
multi Romanorum	beaucoup des Romains
dilapsi sunt per agros,	se dispersèrent dans les campagnes,
multi petierunt	beaucoup gagnèrent
urbes finitimas,	les villes voisines,
asportantes	emportant
quæcumque habebant	tout ce qu'ils avaient
pretiosissima.	le (de) plus précieux.
Interim	Cependant
virgines Vestales,	les vierges Vestales,
cura suarum rerum	le soin de leurs affaires
omissa,	étant négligé,
quum consultassent	lorsqu'elles eurent délibéré
quæ sacra	quelles choses sacrées
ferenda essent secum	devaient-être-emportées avec elles-mêmes
et quæ relinquenda,	et quelles devaient-être-laissées,
quia vires deerant	parce que les forces *leur* manquaient
ad ferenda omnia,	pour emporter tout,
defoderunt	enfouirent
in loco sacro	dans un lieu sacré
quædam	certains *objets*
condita in doliolis .	enfermés dans de petits-tonneaux :
ferentes alia,	emportant les autres *objets*,
onere partito inter se,	le fardeau étant partagé entre elles,
ingressæ sunt viam	elles entrèrent-dans (prirent) la route
quæ ducebat ad Janiculum.	qui conduisait au Janicule.
Quum Albinus,	Lorsque Albinus,
homo e plebe Romana,	homme du petit-peuple de-Rome,
vehens plaustro	emmenant sur un chariot
conjugem ac liberos	*sa* femme et *ses* enfants
inter ceteram turbam	à travers le-reste-de la foule
quæ excedebat Urbe,	qui sortait de Rome,
conspexisset eas,	eut aperçu elles,
ratus est esse irreligiosum	il crut être contraire-à-la-religion
virgines sanctas	des vierges saintes
ire pedibus,	aller à pied,
portantes manibus	portant dans *leurs* mains
sacra populi Romani,	les objets-sacrés du peuple romain,
se vero ac suos	mais lui-même et les siens
conspici in vehiculo.	être vus sur un chariot.
Itaque itinere	C'est-pourquoi la route
quod inceperat	qu'il avait commencée
omisso statim,	étant abandonnée aussitôt,
jussit uxorem	il ordonna *sa* femme
ac liberos descendere,	et *ses* enfants descendre,
imposuit in plaustrum	plaça sur le chariot
virgines sacraque,	les vierges et les objets-sacrés,

iter erat Vestalibus. Adeo tunc in ultimo etiam casu religio publica antecellebat privatis affectibus, salvumque erat discrimen rerum divinarum et humanarum.

CAPUT XII.

Impii serius ocius dant pœnas.

I. Dionysius major [1], Siciliæ tyrannus, ut crudelitatem exercuit in suos, sic fuit impius in deos furtis et cavillationibus. Quum in fanum Jovis venisset, detraxit ei aureum amiculum, quo fuerat a tyranno Gelone exornatus ; atque in eum etiam cavillatus est, dicens æstate grave esse aureum amiculum, hieme frigidum ; eique laneum pallium injecit, quod dicebat aptum esse ad omne tempus. Idem Æsculapio [2] barbam auream demi jussit : « Neque enim, inquiebat, convenit barbatum esse filium, quum in omnibus fanis pater ejus Apollo imberbis sit. »

jusqu'à Céré, où elles voulaient aller. Tant il est vrai que même dans les périls extrêmes la religion de l'État l'emportait alors sur les affections personnelles, et l'on savait faire la différence des choses divines et des choses humaines.

CHAPITRE XII.

Les impies sont punis tôt ou tard.

I. Denys l'Ancien, tyran de Sicile, non-seulement exerça de grandes cruautés sur les siens, mais encore signala son impiété envers les dieux par des vols et des plaisanteries. Il se rendit dans le temple de Jupiter, et ôta au dieu un manteau d'or, ornement que lui avait donné le tyran Gélon : « Un manteau d'or, dit-il en plaisantant, c'est trop pesant pour l'été, trop froid pour l'hiver. » Il lui jeta donc sur les épaules un manteau de laine, qui serait bon, disait-il, pour toutes les saisons. Une autre fois il fit couper à Esculape sa barbe d'or, sous prétexte qu'il ne convenait pas au fils d'avoir de la barbe, puisque dans tous les temples Apollon, son père, n'en avait point. Après le

et pervexit Cære,
quo iter erat Vestalibus.
Adeo tunc
etiam in ultimo casu
religio publica
antecellebat
affectibus privatis,
discrimenque rerum
divinarum et humanarum
erat salvum.

et *les* conduisit-jusqu'à Ceré,[les vestales).
où le chemin était aux (où se rendaient
Tellement alors
même dans une dernière chance *de salu'*
la religion publique (de l'État)
l'emportait
sur les affections privées,
et la distinction des choses
divines et humaines
était respectée.

CAPUT XII.

Impii dant pœnas
serius ocius.

CHAPITRE XII.

Les impies donnent une expiation (sont punis)
plus tard *ou* plus tôt (tôt ou tard).

I. Dionysius major,
tyrannus Siciliæ,
ut exercuit
crudelitatem in suos,
sic fuit impius in deos
furtis et cavillationibus.
Quum venisset
in fanum Jovis,
detraxit ei
amiculum aureum,
quo exornatus fuerat
a tyranno Gelone;
atque etiam
cavillatus est in eum,
dicens amiculum aureum
esse grave æstate,
frigidum hieme;
injecitque ei
pallium laneum,
quod dicebat esse
aptum ad omne tempus.
Idem jussit
barbam auream
demi Æsculapio:
« Neque enim convenit,
inquiebat,
filium esse barbatum,
quum in omnibus fanis
Apollo, pater ejus,
sit imberbis. »
Quodam fano expilato,

I. Denys l'Ancien,
tyran de Sicile,
comme il exerça
sa cruauté envers les siens,
de-même fut impie envers les dieux
par des vols et par des plaisanteries.
Comme il était venu
dans le temple de Jupiter,
il ôta à lui
un manteau d'-or,
duquel il avait été orné
par le tyran Gélon ;
et même
il plaisanta envers lui,
disant un manteau d'-or
être pesant en été,
froid en hiver ;
et il jeta-sur lui
un manteau de-laine,
lequel il disait être
convenable pour toute saison.
Le même *Denys* ordonna
la barbe d'-or
être ôtée à Esculape :
« Et en effet il ne convient pas,
disait-il,
le fils être barbu,
tandis que dans tous les temples
Apollon, père de lui,
est imberbe. »
Un certain temple ayant été pillé,

Fano quodam expilato, navigabat Syracusas; et, quum secundissime cursum teneret : « Videtisne , inquit , amici, quam bona navigatio detur sacrilegis a diis immortalibus? » Non exsolvit quidem statim Dionysius debita impietati supplicia ; at postea, insidiis suorum oppressus, interfectus est. Divina enim ira plerumque lento gradu procedit ad vindictam sui, tarditatemque supplicii gravitate compensat.

II. Quum e Sicilia rediens Pyrrhus, rex Epiri, classe præterveheretur Locros [1], thesauros fani Proserpinæ spoliavit, et, pecunia in naves imposita, ipse terra est profectus. Quid ergo evenit? Classis ejus postero die lacerata est fœdissima tempestate, omnesque naves quæ sacram pecuniam habebant ejectæ sunt in littora Locrorum. Qua tanta clade edoctus tandem rex esse deos, jussit pecuniam omnem conquisitam referri in thesauros Proserpinæ. Nec tamen unquam postea quidquam

pillage d'un certain temple, il naviguait vers Syracuse, et, comme il avait la plus heureuse traversée : « Mes amis, dit-il, voyez comme les dieux immortels favorisent la navigation des sacriléges. » Si Denys ne subit pas aussitôt la peine due à son impiété, plus tard il périt victime des embûches des siens. Car la colère des dieux est parfois tardive à venger leurs injures ; mais la sévérité du châtiment en compense la lenteur.

II. Pyrrhus, roi d'Épire, à son retour de Sicile, passant à la hauteur de Locres, pilla les trésors du temple de Proserpine, les chargea sur sa flotte, et prit lui-même la route de terre. Mais qu'arriva-t-il? Cette flotte fut battue le lendemain par la plus affreuse tempête, et tous les vaisseaux qui portaient les dépouilles sacrées furent jetés sur les côtes de Locres. Instruit enfin par ce grand désastre qu'il y a des dieux, ce monarque fit réunir tout l'argent, et le fit rapporter dans les trésors de Proserpine. Toutefois depuis ce jour rien ne lui

navigabat Syracusas;
et, quum teneret cursum
secundissime :
« Videtisne, inquit, amici,
quam bona navigatio
detur sacrilegis
a diis immortalibus ? »
Dionysius
non exsolvit quidem statim
supplicia
debita impietati;
at postea oppressus
insidiis suorum,
interfectus est.
Ira enim divina
procedit gradu lento
ad vindictam sui,
compensatque
tarditatem supplicii
gravitate.
    II. Quum Pyrrhus,
rex Epiri,
rediens e Sicilia,
præterveheretur Locros
classe,
spoliavit thesauros
fani Proserpinæ,
et, pecunia
imposita in naves,
ipse profectus est terra.
Quid evenit ergo ?
Classis ejus lacerata est
die postero
tempestate fœdissima,
omnesque naves
quæ habebant
pecuniam sacram
ejectæ sunt
in littora Locrorum.
Qua clade tanta
rex edoctus tandem
deos esse,
jussit omnem pecuniam
conquisitam
referri
in thesauros Proserpinæ.
Nec tamen

il naviguait vers Syracuse;
et, comme il maintenait *sa* marche
très-heureusement :
« Voyez-vous, dit-il, *mes* amis,
combien (quelle) bonne navigation
est donnée aux sacriléges
par les dieux immortels ? »
Denys
ne paya pas à la vérité aussitôt
les châtiments
dus à *son* impiété;
mais après-cela surpris
par les embûches des siens,
il fut tué.
En effet la colère divine
avance d'un pas lent
vers la vengeance d'elle-même,
et compense
la lenteur du châtiment
par la sévérité.
    II. Comme Pyrrhus,
roi d'Épire,
revenant de la Sicile,
passait-devant Locres
avec une flotte,
il pilla les trésors
du temple de Proserpine,
et, l'argent
ayant été placé-sur *ses* vaisseaux,
lui-même partit par terre.
Qu'arriva-t-il donc ?
La flotte de lui fut mise-en-pièces
le jour suivant
par une tempête très-affreuse,
et tous les vaisseaux
qui avaient (portaient)
l'argent sacré
furent jetés
sur les côtes de Locres.
Par lequel désastre si-grand
le roi instruit enfin
des dieux exister,
ordonna tout l'argent
recherché-et-réuni
être rapporté
dans les trésors de Proserpine.
Et cependant

prosperi evenit ei ; pulsusque ex Italia, ignobili morte occubuit, quum temere noctu ingressus esset Argos[1]. Lancea primum leviter vulneratus fuerat a juvene quodam Argivo. Matrem habebat hic anum pauperculam, quæ inter alias mulieres
spectans prœlium e tecto domus, quum videret Pyrrhum ferri
toto impetu in auctorem vulneris sui, timens vitæ filii, protinus tegulam corripuit, et utraque manu libratam demisit in
caput regis. Quo vulnere dejectus ex equo Pyrrhus, a Zopyro
quodam est obtruncatus.

III. Longo post tempore, Q. Pleminius, præpositus præsidio
Romanorum in urbe Locrorum, quum a sacrorum spoliatione
non abstinuisset, et eosdem Proserpinæ thesauros diripuisset
quos olim Pyrrhus, ex senatusconsulto prætor et legati Locros
missi, præcipuam, ut mandatum erat, curam religionis habuere. Omnem enim sacram pecuniam, quæ apud Pleminium
et milites erat, in thesauris deæ reposuerunt cum ea quam

réussit ; chassé de l'Italie, il périt d'une mort obscure en voulant
surprendre Argos pendant la nuit. Il avait d'abord été légèrement
blessé d'un coup de lance par un jeune Argien, dont la mère, pauvre
et âgée, regardait avec d'autres femmes le combat du haut d'une
maison. Cette femme, voyant Pyrrhus s'élancer de toutes ses forces
sur l'auteur de sa blessure, craint pour la vie de son fils, et saisissant
aussitôt une tuile la lance de ses deux mains, et atteint Pyrrhus à
la tête. Renversé de cheval par cette blessure, le roi fut décapité par
un certain Zopyre.

III. Longtemps après, Q. Pléminius, commandant la garnison
romaine dans la ville de Locres, avait porté une main sacrilége sur
les objets du culte, et avait pillé, comme autrefois Pyrrhus, les trésors de Proserpine. Le sénat envoya alors à Locres un préteur et des
députés qui donnèrent, conformément à leurs instructions, leurs premiers soins aux affaires religieuses. Tout l'argent sacré qui se trou-
vait cnez Pléminius et chez ses soldats, fut replacé par eux dans les

quidquam prosperi
quelque-chose d'heureux
evenit ei unquam postea ;
n'arriva à lui jamais ensuite ;
pulsusque ex Italia,
et ayant été chassé de l'Italie,
occubuit
il mourut
morte ignobili,
d'une mort non-glorieuse,
quum ingressus esset Argos
lorsqu'il fut entré à Argos
temere noctu.
témérairement pendant-la-nuit.
Vulneratus fuerat
Il avait été blessé
leviter primum lancea
légerement d'abord d'une lance
a quodam juvene Argivo.
par un-certain jeune-homme argien.
Hic habebat matrem
Celui-ci avait *pour* mère
anum pauperculam,
une vieille-femme pauvre,
quæ spectans prœlium
qui regardant le combat
e tecto domus
du toit d'une maison
inter alias mulieres,
parmi d'autres femmes,
quum videret Pyrrhum
comme elle voyait Pyrrhus
ferri toto impetu
être porte de tout *son* élan
in auctorem sui vulneris,
sur l'auteur de sa blessure,
timens vitæ filii,
craignant pour la vie de *son* fils,
corripuit protinus tegulam,
saisit aussitôt une tuile,
et demisit
et jeta
in caput regis
sur la tête du roi
libratam
la tuile balancée
utraque manu.
de l'une-et-l'autre main
Quo vulnere
Par laquelle blessure
dejectus ex equo,
renversé de cheval,
Pyrrhus obtruncatus est
Pyrrhus fut décapité
a quodam Zopyro.
par un certain Zopyre.

III. Longo tempore post,
III. Un long temps après,
quum Q. Pleminius,
comme Q. Pléminius,
præpositus
mis-à-la-tête
præsidio Romanorum
de la garnison des Romains
in urbe Locrorum,
dans la ville de Locres,
non abstinuisset
ne s'était pas abstenu
a spoliatione sacrorum,
du pillage des objets-sacrés,
et diripuisset
et avait pillé
eosdem thesauros
les mêmes tresors
Proserpinæ,
de Proserpine,
quos Pyrrhus olim,
que Pyrrhus *avait pillés* autrefois,
prætor et legati,
un préteur et des députés,
missi Locros
envoyés à Locres
ex senatusconsulto,
d'après un sénatus-consulte,
habuere curam præcipuam
eurent un soin principal
religionis,
de la religion,
ut mandatum erat.
comme il *leur* avait été recommandé.
Reposuerunt enim
Ils replacèrent en effet
in thesauris deæ
dans les trésors de la déesse

duplam Roma attulerant, ac piaculare sacrum fecerunt. Ipse
Pleminius, antea a suis hostiliter laceratus, et, naso auribusque mutilatis, prope exanimis relictus, Romam missus est
causam dicturus. Sed ante causæ dictionem teterrimo genere
morbi in carcere est consumptus.

IV. Xerxes, ante navale prœlium [1] quo victus est a Themistocle, miserat quatuor millia armatorum Delphos ad diripiendum templum Apollinis, quasi gereret bellum non tantum cum
Græcis, sed etiam cum diis immortalibus. Quæ manus tota
deleta est imbribus et fulminibus, ut intelligeret quam nullæ
essent hominum vires adversus deos.

V. Contra Agesilaus, rex Lacedæmoniorum, magnam templis reverentiam habuit. Maxima laus fuit victoriæ quam de
Atheniensibus et Bœotis apud Coroneam [2] adeptus est, quod

trésors, avec une somme double qu'ils avaient apportée de Rome, et
on offrit un sacrifice expiatoire. Pléminius lui-même, indignement
maltraité par les siens, et laissé par eux à demi mort, le nez et les
oreilles coupées, fut envoyé à Rome pour se défendre. Mais avant
son jugement, il mourut en prison, enlevé par une affreuse maladie.

IV. Xerxès, avant la bataille navale où il fut défait par Thémistocle, avait envoyé quatre mille hommes piller le temple de
Delphes, comme si, non content de faire la guerre aux Grecs, il eût
voulu aussi la faire aux dieux. Mais cette troupe fut détruite tout
entière par les tempêtes et par la foudre : Xerxès comprit alors combien les forces de l'homme sont vaines lorsqu'il s'attaque aux
dieux.

V. Agésilas, roi de Lacédémone, eut au contraire un grand respect pour les temples. Ce qui honore le plus la victoire qu'il remporta
à Coronée sur les Athéniens et les Béotiens, c'est qu'il sacrifia son

omnem pecuniam sacram ,
tout l'argent sacré,

quæ erat
qui était

apud Pleminium et milites,
chez Pléminius et les soldats,

cum ea
avec celui

quam attulerant Roma
qu'ils avaient-apporté de Rome

duplam,
double *de l'argent enlevé*,

ac fecerunt
et firent

sacrum piaculare.
un sacrifice expiatoire.

Pleminius ipse,
Pléminius lui-même,

laceratus antea
ayant été maltraité auparavant

hostiliter a suis,
en-ennemi par les siens,

et, naso auribusque
et, le nez et les oreilles

mutilatis,
lui ayant été coupés,

relictus prope exanimis,
laissé presque privé-de-vie,

missus est Romam
fut envoyé à Rome

dicturus causam.
devant exposer *sa* cause (pour se défendre).

Sed ante dictionem causæ,
Mais avant la plaidoirie de *sa* cause,

consumptus est in carcere
il fut enlevé dans *sa* prison

genere morbi
par un genre de maladie

teterrimo.
très-horrible.

IV. Xerxes,
IV. Xerxès,

ante prœlium navale
avant le combat naval

quo victus est
dans lequel il fut vaincu

a Themistocle,
par Thémistocle,

miserat Delphos
avait envoyé à Delphes

quatuor millia armatorum
quatre milliers de *gens* armés

ad diripiendum
pour piller

templum Apollinis,
le temple d'Apollon,

quasi gereret bellum
comme s'il faisait la guerre

non tantum cum Græcis,
non-seulement avec (contre) les Grecs

sed etiam
mais encore

cum diis immortialibus.
avec les dieux immortels.

Quæ manus tota
Laquelle troupe tout-entière

deleta est
fut détruite

imbribus et fulminibus,
par les tempêtes et par les foudres,

ut intelligeret
de-sorte-que il (Xerxès) comprît

quam vires hominum
combien les forces des hommes

essent nullæ
étaient nulles

adversus deos.
contre les dieux.

V. Contra Agesilaus,
V. Au contraire Agésilas,

rex Lacedæmoniorum,
roi des Lacédémoniens,

habuit templis
eut pour les temples

magnam reverentiam.
un grand respect.

Laus maxima victoriæ
La gloire la plus grande de la victoire

quam adeptus est
qu'il remporta

apud Coroneam
près de Coronée

de Atheniensibus et Bœotis,
sur les Athéniens et les Béotiens,

antetulit iræ religionem. Quum enim plerique ex fuga se in templum Minervæ conjecissent, et quæreretur ab eo quid his vellet fieri, eos vetuit violari, etsi aliquot vulnera acceperat in prœlio, et iratus videbatur omnibus qui adversus se arma tulerant. Neque solum in Græcia sancta habuit templa deorum, sed etiam apud barbaros summa religione omnia simulacra atque aras conservavit. Sic Alexander Magnus, quum Thebas[1] everteret, non est oblitus pietatis erga deos; sed cavit summo studio ne deorum ædes et alia sacra loca violarentur. In expeditione quoque Asiatica, quum a Persis repeteret pœnas, abstinuit a locis omnibus quæ diis dicata erant, quamvis Persæ hoc potissimum injuriæ genere sæviissent in Græcia.

ressentiment à la religion. La plupart de ceux qui avaient échappé à la déroute s'étaient réfugiés dans un temple de Minerve : on vint lui demander ce qu'il voulait qu'on en fît. Il défendit de les maltraiter, quoiqu'il eût reçu plusieurs blessures dans le combat, et qu'il parût fort irrité contre tous ceux qui avaient pris les armes contre lui. Ce ne fut pas seulement dans la Grèce qu'il respecta les temples des dieux; il protégea chez les barbares les autels et les statues de la divinité. C'est ainsi qu'Alexandre le Grand, lors du sac de Thèbes, loin de profaner la religion, veilla avec le plus grand soin à ce qu'on ne profanât pas les temples des dieux et les autres lieux sacrés. Et dans son expédition d'Asie, tout en tirant vengeance des Perses, il respecta les endroits consacrés aux dieux, quoique les Perses eussent surtout exercé ce genre d'outrages dans la Grèce.

fuit, quod antetulit	fut, qu'il préféra
religionem iræ.	la religion à *sa* colère.
Quum enim	Comme en effet
plerique	la plupart *des vaincus*
se conjecissent	s'étaient jetés
ex fuga	après la déroute
in templum Minervæ,	dans le temple de Minerve,
et quæreretur ab eo	et qu'on demandait à lui
quid vellet	ce qu'il voulait
fieri his,	être fait à eux,
vetuit	il défendit
eos violari,	eux être maltraités,
etsi acceperat in prœlio	quoiqu'il eût reçu dans le combat
aliquot vulnera,	quelques blessures,
et videbatur iratus	et qu'il parût irrité
omnibus	contre tous ceux
qui tulerant arma	qui avaient porté les armes
adversus se.	contre lui-même.
Neque solum	Et non-seulement
in Græcia	dans la Grèce
habuit sancta	il tint *pour* sacrés
templa deorum,	les temples des dieux,
sed etiam apud barbaros	mais encore chez les barbares
conservavit	il sauva
religione summa	avec le respect le plus grand
omnia simulacra	toutes les statues
atque aras.	et les autels.
Sic Alexander magnus,	Ainsi Alexandre le Grand,
quum everteret Thebas,	lorsqu'il renversait Thèbes,
non oblitus est	n'oublia pas
pietatis erga deos ;	la piété envers les dieux ;
sed cavit	mais il prit-garde
studio summo	avec le soin le plus grand
ne ædes deorum	que les temples des dieux
et alia loca sacra	et les autres lieux sacrés
violarentur.	ne fussent pas profanés.
In expeditione asiatica	Dans *son* expédition asiatique
quoque,	aussi,
quum repeteret pœnas	lorsqu'il réclamait expiation (tirait ven-
a Persis,	des Perses, [geance)
abstinuit	il s'abstint
ab omnibus locis	de tous les lieux
quæ erant dicata diis,	qui étaient consacrés aux dieux,
quamvis Persæ	quoique les Perses
sæviissent in Græcia	eussent sévi dans la Grèce
potissimum	principalement
hoc genere injuriæ	par ce genre d'outrage.

CAPUT XIII.

Quæ vota facienda sint Deo.

I. Deum roga bonam mentem, bonam valetudinem animi, deinde corporis. Quidni tu hæc vota sæpe facias? Scito te esse omnibus cupiditatibus liberum, quum eo perveneris ut Deum nihil roges nisi quod rogare possis palam. Quanta nunc dementia est multorum hominum ! Insusurrant diis vota turpissima : si quis admoverit aurem, conticescent ; et, quod scire homines nolunt, Deo narrant. Tu sic vive cum hominibus, tanquam Deus videat ; sic loquere cum Deo, tanquam homines audiant.

Pædalii, gens Indica, nihil aliud petebant a diis quam justitiam.

Dicebat Apollonius [1] has tantum preces esse profundendas ab homine accedente ad deorum templa : « O dii, quæ mihi conveniunt, præstate. »

II. Socrates, qui fuit quasi quoddam terrestre oraculum

CHAPITRE XIII.

Quels vœux il faut adresser à Dieu.

I. Demandez à Dieu le bon sens, la santé de l'esprit et celle du corps. Pourquoi ne feriez-vous pas souvent cette prière ? Sachez que vous serez libre de toute convoitise, lorsque vous serez venu à ce point de ne rien demander à Dieu que vous ne puissiez demander en public. Que les hommes d'aujourd'hui sont fous ! Ils font tout bas aux dieux des prières qui sont honteuses ; si quelqu'un prête l'oreille, ils se taisent aussitôt ; ainsi ils disent à Dieu ce qu'ils ne voudraient pas dire aux hommes. Pour vous, vivez avec les hommes comme si Dieu vous regardait, et parlez à Dieu comme si les hommes vous écoutaient.

Les Pédaliens, peuple indien, ne demandaient aux dieux que la justice.

Selon Apollonius, la seule prière que doive faire un homme qui entre dans les temples des dieux, est celle-ci : « O dieux, donnez-moi ce qui me convient. »

II. Socrate, qui fut comme l'oracle de la sagesse humaine sur la

CAPUT XIII.

Quæ vota
facienda sint Deo.

I. Roga Deum
mentem bonam,
valetudinem bonam animi,
deinde corporis.
Quidni tu facias
sæpe hæc vota ?
Scito te esse liberum
omnibus cupiditatibus,
quum perveneris eo
ut roges nihil Deum
nisi quod possis
rogare palam.
Quanta est nunc
dementia
multorum hominum !
Insusurrant diis
vota turpissima :
si quis admoverit aurem,
conticescent;
et narrant Deo
quod nolunt
homines scire.
Tu vive sic
cum hominibus,
tanquam Deus videat ;
loquere sic cum Deo,
tanquam homines audiant.
Pædalii, gens Indica,
petebant a diis
nihil aliud
quam justitiam.
Apollonius dicebat
has preces tantum
profundendas esse
ab homine accedente
ad templa deorum :
« O dii, præstate
quæ conveniunt mihi. »
II. Socrates, qui fuit
quasi quoddam oraculum
terrestre
sapientiæ humanæ,

CHAPITRE XIII.

Quels vœux
doivent être adressés à Dieu.

I. Demande à Dieu
un esprit bon,
une santé bonne de l'esprit,
puis du corps.
Pourquoi ne ferais-tu pas
souvent ces prières ?
Sache toi être libre
de toutes convoitises,
quand tu seras parvenu à-ce-point
que tu *ne* demandes rien à Dieu
si-ce-n'est *une chose* que tu puisses
demander publiquement.
Combien-grande est maintenant
la folie
de beaucoup d'hommes !
Ils chuchotent aux dieux
des prières très-honteuses :
si quelqu'un approche l'oreille,
ils se tairont;
et ils racontent à Dieu
ce qu'ils ne veulent pas
les hommes savoir.
Toi vis ainsi
avec les hommes,
comme si Dieu *te* regardait ;
parle ainsi avec (à) Dieu,
comme si les hommes *t'*écoutaient
Les Pédaliens, peuple indien,
ne demandaient aux dieux
rien autre
que la justice.
Apollonius disait
ces prières seulement
devoir être proférées
par l'homme s'avançant
vers les temples des dieux :
« O dieux, accordez-*moi*
ce qui convient à moi. »
II. Socrate, qui fut
comme un certain oracle
terrestre
de la sagesse humaine,

humanæ sapientiæ, arbitrabatur nihil ultra petendum esse
a diis quam ut bona tribuerent, quum ii soli scirent quid
unicuique esset utile, nos autem plerumque ea expeteremus
votis, quæ foret melius non impetrasse. Etenim involuta densis-
simis tenebris mens mortalium effundit sese in cæcas preca-
tiones : divitias appetit, quæ fuerunt multis exitio ; honores
concupiscit, qui complures pessumdederunt ; splendida con-
jugia sollicite quærit, quæ, ut aliquando illustrant, ita non-
nunquam funditus domos evertunt. Desinat tandem stulta
inhiare iis rebus quæ ipsi multorum malorum causa sæpe
sunt, seque totam permittat arbitrio deorum ; quia qui tribuere
bona solent, etiam eligere aptissima possunt.

> Permittes ipsis expendere numinibus, quid
> Conveniat nobis. rebusque sit utile nostris.
> Nam pro jucundis aptissima quæque dabunt di :
> Carior est illis homo quam sibi............

terre, pensait que nous ne devons rien demander aux dieux, si ce
n'est de nous accorder le bien, parce qu'eux seuls savent ce qui est
utile à chacun de nous ; tandis que nos vœux ont ordinairement
pour objet des choses qu'il vaudrait mieux ne pas obtenir. Enve-
loppée des plus épaisses ténèbres, notre âme se répand en aveugles
prières : elle désire les richesses, qui ont fait tant de victimes ; elle
aspire aux honneurs, qui ont perdu une foule d'ambitieux ; elle re-
cherche avec anxiété de brillants mariages, qui font parfois, il est
vrai, l'illustration des familles, mais qui souvent les renversent et
les anéantissent. Cessons enfin de convoiter follement ce qui est souvent pour nous une source d'infortunes, et abandonnons-nous tout
entiers à la volonté du ciel. Qui peut dispenser les biens, peut aussi
les choisir le plus convenablement.

Laisse aux dieux le soin d'examiner ce qui nous convient, ce
qui est dans nos intérêts. Au lieu de ce qui nous plaît, ils nous don-
neront ce qui nous est utile. Ils aiment l'homme plus qu'il ne s'aime
lui-même.

arbitrabatur nihil	pensait rien
petendum esse a diis	ne devoir être demandé aux dieux
ultra quam	de plus que *cela*
ut tribuerent bona.	qu'ils accordassent de bonnes choses,
quum ii soli scirent	puisque eux seuls savaient
quid esset utile	quelle-chose était utile
unicuique,	à chacun,
nos autem plerumque	tandis que nous le-plus-souvent
expeteremus votis	nous demandions par des vœux
ea quæ foret melius	ces (des) choses qu'il serait mieux
non impetrasse.	de ne pas avoir obtenues.
Etenim mens mortalium,	En effet l'âme des mortels,
involuta	enveloppée
tenebris densissimis,	des ténebres les plus épaisses,
effundit sese	répand elle-même
in precationes cæcas :	en prières aveugles :
appetit divitias,	elle désire les richesses,
quæ fuerunt exitio	qui ont été à perte
multis ;	à beaucoup *de gens ;*
concupiscit honores,	elle convoite les honneurs,
qui pessumdederunt	qui ont jeté-à-bas
complures;	des *gens* très-nombreux;
quærit sollicite	elle recherche avec-anxiété
conjugia splendida,	des mariages brillants,
quæ. ut aliquando	qui, comme quelquefois
illustrant domos,	ils donnent-de-l'éclat aux familles,
ita nonnunquam	de même quelquefois
evertunt funditus.	*les* renversent entièrement.
Desinat tandem	Qu'elle cesse enfin [choses
stulta inhiarc iis rebus	insensée de bâiller-vers (convoiter) ces
quæ sunt sæpe ipsi	qui sont souvent à elle-même
causa multorum malorum,	cause de beaucoup de maux, [tière
permittatque se totam	et qu'elle abandonne elle-même tout-en-
arbitrio deorum;	à la volonté des dieux;
quia qui solent	parce que ceux qui ont-coutume
tribuere bona,	d'accorder les biens,
possunt etiam eligere	peuvent aussi choisir
aptissima.	les plus convenables.
Permittes numinibus ipsis	Tu laisseras aux dieux mêmes
expendere quid	*le soin d'*examiner quelle chose
conveniat nobis,	convient à nous,
sitque utile nostris rebus.	et est utile à nos affaires (intérêts).
Nam di dabunt	Car les dieux donneront
quæque aptissima	toutes les choses les plus convenables,
pro jucundis :	au-lieu des choses agréables :
homo est carior illis	l'homme est plus cher à eux
quam sibi.	qu'à lui-même.

Laudabat Socrates has antiqui poetæ preces : « O Jupiter, ea quæ bona sunt, nobis orantibus aut non orantibus tribue : quæ vero mala, etiam orantibus ne concede. »

CAPUT XIV.

Homo præcipuum opus Dei.

I. Animal hoc providum, sagax, memor, plenum consilii, quem vocamus hominem, generatum est a supremo Deo præclara quadam conditione. Solum est enim, ex tot animantium generibus, particeps rationis et cogitationis, quum cetera sint omnia expertia. Quid est autem ratione præstantius ? quæ, quum adolevit et perfecta est, nominatur rite sapientia.

Propter ingeneratam homini a Deo rationem, est aliqua ei cum Deo similitudo, cognatio, societas. Itaque ad commo-

---

Socrate vantait cette prière d'un ancien poëte : « O Jupiter, accorde-nous ce qui nous est bon, que nous le demandions ou non : pour ce qui nous est funeste, ne nous l'accorde pas, quand même nous te le demanderions. »

CHAPITRE XIV.

L'homme est le principal ouvrage de Dieu.

I. Cet être prévoyant, pénétrant, doué de mémoire et plein de conseil, que l'on appelle l'homme, a été engendré par le Dieu suprême avec une noble destinée. Seul de tant d'espèces d'animaux il possède la raison et la pensée, tandis que les autres en sont tous dépourvus. Or, qu'y a-t-il de plus noble que la raison, qui, lorsqu'elle s'est développée et perfectionnée, se nomme proprement la sagesse ?

Par la raison qu'il a reçue de Dieu, il y a entre l'homme et son créateur une ressemblance, une sorte de parenté et d'union. Aussi la

Socrates
laudabat has preces
poetæ antiqui :
« O Jupiter,
tribue nobis
orantibus
aut non orantibus,
ea quæ sunt bona :
ne vero concede
etiam orantibus
quæ mala. »

Socrate
vantait cette prière
d'un poëte ancien :
« O Jupiter,
accorde à nous
demandant
ou ne demandant pas,
ces (les) choses qui sont bonnes :
mais *n'*accorde pas
même à *nous les* demandant
les choses qui *sont* funestes. »

CAPUT XIV.

Homo præcipuum opus Dei.

I. Hoc animal
providum, sagax,
memor,
plenum consilii,
quem vocamus hominem,
generatum est
a Deo supremo
quadam conditione
præclara.
Ex tot enim generibus
animantium
est solum particeps
rationis et cogitationis,
quum omnia cetera
sint expertia.
Quid autem
est præstantius ratione ?
quæ, quum adolevit
et est perfecta,
nominatur rite
sapientia.
Propter rationem
ingeneratam homini
a Deo,
aliqua similitudo,
cognatio,
societas cum Deo
est ei.
Itaque natura,
hoc est Deus,

CHAPITRE XIV.

L'homme *est* le principal ouvrage de Dieu

I. Cet animal
prévoyant, pénétrant,
doué-de-mémoire,
plein de conseil,
que nous appelons homme,
a été engendré
par le Dieu suprême
dans une certaine condition
très-noble.
En effet de tant d'espèces
d'animaux
il est seul ayant-une-part
de raison et de pensée,
tandis-que tous les autres
en sont dépourvus.
Or quoi
est plus noble que la raison
laquelle, lorsqu'elle a crû
et qu'elle est perfectionnée,
est nommée justement
la sagesse.
A-cause-de la raison
créée-dans l'homme
par Dieu,
quelque ressemblance,
une parenté,
une union avec Dieu
est à lui.
C'est-pourquoi la nature,
cela est (c'est-à-dire) Dieu,

ditates hominum tantam rerum ubertatem natura, hoc est Deus, largita est, ut ea quæ gignuntur, merito videantur donata nobis esse consulto, non autem nata fortuito. Artes præterea innumerabiles repertæ sunt, docente natura; quam imitata ratio, consecuta est multa ad vitam necessaria aut commoda.

II. Eadem natura hominem non solum mente ornavit, sed etiam dedit ei figuram corporis habilem et aptam ingenio humano. Nam, quum ceteris animalibus caput in terram pronum dedisset, solum hominem erexit, excitavitque ad cœli, quasi cognationis domiciliique sui, conspectum.

> Pronaque quum spectent animalia cetera terram,
> Os homini sublime dedit, cœlumque tueri
> Jussit, et erectos ad sidera tollere vultus.

Omitto opportunitates habilitatesque alias corporis, moderationem vocis, orationis vim, quæ conciliatrix est humanæ societatis.

III. In prima rerum constitutione, quum dii universa dis-

nature, c'est-à-dire Dieu, a départi à l'homme avec une telle abondance les choses nécessaires à ses besoins, que toutes les productions paraissent avec raison nous avoir été données à dessein plutôt qu'être nées par hasard. Puis des arts innombrables ont été trouvés, sous la direction de la nature; et la raison, en l'imitant, a obtenu une foule de choses nécessaires ou utiles à l'existence.

II. Non-seulement la nature a doué l'homme de l'intelligence, mais encore elle lui a donné un corps d'une forme commode et convenable à l'esprit qui l'anime: car, tandis qu'elle avait courbé les autres animaux vers la terre, elle a mis l'homme seul debout; elle l'a redressé pour contempler le ciel, comme sa famille et son domicile.

Tandis que les autres animaux ont la tête penchée vers la terre, Dieu a élevé le visage de l'homme; il a voulu qu'il regardât le ciel, qu'il portât ses yeux vers les astres.

J'omets les autres aptitudes, les autres facultés du corps, la souplesse de la voix, la force de la parole, de cet organe médiateur de la société humaine.

III. Dans la constitution primitive du monde, lorsque les dieux

largita est — a départi
ad commoditates hominum — pour les commodités des hommes
tantam ubertatem rerum, — une si-grande abondance de choses,
ut ea quæ gignuntur — que ce qui est produit
videantur merito — paraît avec-raison
donata esse nobis consulto, — avoir été donné à nous à-dessein,
non autem nata fortuito. — mais non être né par-hasard.
Præterea — En outre
artes innumerabiles — des arts innombrables
repertæ sunt, — ont été trouvés,
natura docente; — la nature *l'*enseignant;
quam ratio imitata, — laquelle la raison ayant imité,
consecuta est multa — a obtenu beaucoup de choses
necessaria aut commoda — nécessaires ou avantageuses
ad vitam. — pour la vie.

II. Eadem natura — II. La même nature
non solum ornavit hominem — non-seulement a orné l'homme
mente, — de l'intelligence,
sed etiam dedit ei — mais encore a donné à lui
figuram corporis — une forme de corps
habilem et aptam — commode et convenable
ingenio humano. — à l'esprit humain.
Nam, quum dedisset — Car, lorsqu'elle eut donné
ceteris animalibus — aux autres animaux
caput pronum in terram, — une tête courbée vers la terre,
erexit hominem solum, — elle a dressé l'homme seul,
excitavitque — et *l'*a mis-debout
ad conspectum cœli, — pour la contemplation du ciel,
quasi cognationis — comme de *sa* famille
suique domicilii. — et de son domicile.

Quumque cetera animalia — Et tandis-que les autres animaux
prona spectent terram, — penchés regardent la terre,
dedit homini — elle a donné à l'homme
os sublime, — un visage élevé,
jussitque tueri cœlum, — et a ordonné *lui* regarder le ciel,
et tollere ad sidera — et élever vers les astres
vultus erectos. — ses regards dressés.

Omitto — J'omets
alias opportunitates — les autres aptitudes
habilitatesque corporis, — et facultés du corps,
moderationem vocis, — la souplesse de la voix,
vim orationis, — la force de la parole,
quæ est conciliatrix — qui est médiatrice
societatis humanæ. — de la société humaine.

III. In constitutione — III. Dans la constitution
prima rerum, — primitive des choses (du monde),
quum dii — lorsque les dieux

ponerent, rationem hominis habuerunt. Non est homo tumul-
tuarium et incogitatum opus. Cogitavit nos ante natura quam
fecit. Ita est : carissimos nos habuerunt dii habentque, et in
orbe proximos ab ipsis collocaverunt ; qui maximus honos
tribui potuit.

Qui se ipse norit, intelliget se habere aliquid divinum,
semperque et faciet et sentiet aliquid dignum tanto munere
deorum.

Decet eos qui student præstare ceteris animalibus, summa
opera niti ne vitam transeant veluti pecora, quæ natura finxit
prona atque obedientia ventri. Constamus animo et corpore.
Alterum nobis commune est cum diis, alterum cum belluis.
Animus debet imperare, corpus vero servire. Itaque admiranda et detestanda est pravitas eorum qui , dediti gaudiis
corporis , in luxu atque ignavia ætatem agunt , ingenium
autem incultu et socordia sinunt torpescere.

coordonnaient toutes choses, ils ont tenu compte de l'homme.
L'homme n'est pas une œuvre improvisée et faite sans réflexion. La
nature nous a médités avant de nous créer. Oui, nous avons été les
favoris des dieux, et nous le sommes encore ; dans la hiérarchie de
l'univers, ils nous ont placés le plus près d'eux : c'était le plus grand
honneur qu'ils pussent nous faire.

Celui qui se connaîtra lui-même, sentira qu'il possède quelque
chose de divin ; toutes ses actions, toutes ses pensées seront dignes
d'un si grand bienfait des dieux.

Tout homme qui prétend l'emporter sur la brute, doit faire de
grands efforts pour ne point passer ses jours comme les animaux que
la nature a faits courbés vers la terre et soumis à leurs grossiers
instincts. Nous sommes composés d'une âme et d'un corps. L'une
nous est commune avec les dieux, l'autre avec les bêtes. L'âme doit
commander, le corps obéir. Aussi ne peut-on que s'étonner et s'in-
digner de la folie de ces hommes qui, livrés aux plaisirs des sens,
passent leur vie dans le luxe et l'indolence, laissant leur esprit s'en-
gourdir dans l'ignorance et la paresse.

disponerent universa,	coordonnaient toutes choses,
habuerunt rationem	ils ont tenu compte
hominis.	de l'homme.
Homo non est opus	L'homme n'est pas une œuvre
tumultuarium	faite-à-la-hâte
et incogitatum.	et irréfléchie.
Natura cogitavit nos	La nature a médité nous
ante quam fecit.	avant qu'elle eût fait (avant de faire) *nous*
Est ita :	Il *en* est ainsi :
dii habuerunt habentque	les dieux ont eu et ont
nos carissimos,	nous très-chers,
et collocaverunt in orbe	et ils *nous* ont placés dans l'univers
proximos ab ipsis ;	les plus voisins d'eux-mêmes ;
qui honos maximus	lequel honneur *est* le plus grand
potuit tribui.	*qui* a pu *nous* être accordé.
Qui ipse norit se,	Celui qui lui-même connaîtra soi,
intelliget	comprendra
se habere aliquid divinum,	soi-même avoir quelque chose de divin,
semperque et faciet	et toujours et il fera
et sentiet aliquid dignum	et il pensera quelque chose digne
tanto munere deorum.	à un si-grand bienfait des dieux.
Decet eos	Il convient à ceux
qui student præstare	qui ont-à-cœur de l'emporter
ceteris animalibus,	sur les autres animaux
niti opera summa	de tâcher par l'effort le plus grand
ne transeant vitam	qu'ils ne passent point la vie
veluti pecora,	comme les troupeaux,
quæ natura finxit prona	que la nature a faits courbés
atque obedientia ventri.	et obéissant à *leur* ventre.
Constamus	Nous sommes-composés
animo et corpore.	d'une âme et d'un corps.
Alterum	L'une *de ces deux choses* (l'âme)
est commune nobis	est commune à nous
cum diis,	avec les dieux,
alterum cum belluis.	l'autre (le corps) avec les bêtes.
Animus debet imperare,	L'âme doit commander,
corpus vero servire.	mais le corps servir.
Itaque pravitas eorum	C'est-pourquoi la perversité de ceux
qui, dediti	qui, livrés
gaudiis corporis,	aux jouissances du corps,
agunt ætatem	passent *leur* vie
in luxu atque ignavia,	dans le plaisir et l'indolence,
sinunt autem ingenium	mais laissent *leur* esprit
torpescere	s'engourdir
incultu et socordia,	par le manque-d'exercice et la paresse,
admiranda est	doit être admirée
et detestanda.	et doit être haïe.

CAPUT XV.

Virtus proprium atque unicum hominis bonum.

Ut ad cursum natus est equus, ad arandum bos, ad indagandum canis; sic homo ad duas res natus est, intelligendum, et agendum convenienter naturæ, id est rationi; in quo positum est honestum, et quod proprium atque unicum est in terris hominis bonum. Non enim refert ad felicitatem ejus quantum agrorum aret, a quam multis salutetur, quam pretioso lecto cubet, sed quam bonus sit. Bonus autem est, si sit in eo ratio ad naturæ voluntatem accommodata et perfecta, quæ virtus et honestum vocatur.

In quatuor partes honestum dividi solet. prudentiam, justitiam, fortitudinem, et temperantiam. Ex singulis autem illis virtutibus certa officiorum genera nascuntur, in quibus colen-

CHAPITRE XV.

La vertu est le bien propre et unique de l'homme.

De même que le cheval est né pour la course, le bœuf pour le labour, le chien pour la chasse, l'homme aussi est né pour deux choses, pour comprendre et pour agir conformément à la nature, c'est-à-dire à la raison; et c'est en cela que consiste l'honnêteté, le seul bien de l'homme sur la terre, celui qui lui est propre. Car il n'importe pas pour le bonheur de l'homme combien il cultive de terres, combien de clients viennent le saluer, ni s'il couche sur de riches tapis, mais s'il est homme de bien. Or il est homme de bien si sa raison est parfaite et conforme à la volonté de la nature; c'est ce qui s'appelle vertu et honnêteté.

L'honnêteté se divise en quatre parties : la prudence, la justice, le courage et la tempérance. Or de chacune de ces vertus naît un ordre de devoirs tout particulier. Si vous les respectez, vous êtes honnête

CAPUT XV.

Virtus bonum
proprium atque unicum
hominis.

Ut equus
natus est ad cursum,
bos ad arandum,
canis ad indagandum ;
sic homo
natus est ad duas res,
intelligendum,
et agendum
convenienter naturæ,
id est rationi ;
in quo honestum
positum est,
et quod est bonum
proprium atque unicum
hominis in terris.
Non refert enim
ad felicitatem ejus
quantum agrorum aret,
a quam multis salutetur,
quam pretioso lecto
cubet,
sed quam sit bonus.
Est autem bonus,
si sit in eo
ratio accommodata
ad voluntatem naturæ
et perfecta,
quæ vocatur
virtus et honestum.

Honestum solet dividi
in quatuor partes,
prudentiam, justitiam,
fortitudinem
et temperantiam.
Ex illis autem virtutibus
singulis
genera certa officiorum
nascuntur,
in quibus colendis
omnis honestas vitæ
est sita,

CHAPITRE XV.

La vertu *est* le bien
propre et unique
de l'homme.

De même que le cheval
est né pour la course,
le bœuf pour labourer,
le chien pour suivre-à-la-piste ;
ainsi l'homme
est né pour deux choses,
pour comprendre
et *pour* agir
conformément à la nature,
cela est (c'est-à-dire) à la raison ;
en laquelle chose l'honnête
est placé (consiste),
et ce qui est le bien
propre et unique
de l'homme sur la terre.
Il n'importe pas en effet
au bonheur de lui
combien de champs il laboure,
par combien nombreux *clients* il est salué,
sur combien (quel) précieux lit
il couche,
mais combien il est bon.
Or il est bon,
s'il y a en lui
une raison conformée
à la volonté de la nature
et parfaite,
laquelle *raison* est appelée
vertu et honnêteté.

L'honnête a-coutume d'être divisé
en quatre parties,
la prudence, la justice,
le courage
et la tempérance.
Or de ces vertus
prises-séparément
des espèces déterminées de devoir
naissent,
dans lesquels étant pratiqués
toute l'honnêteté de la vie
est placée,

dis sita est omnis vitæ honestas, et in negligendis turpitudo. Itaque de unaquaque seorsim agemus, et quatuor libris complectemur quæ pertinent ad quatuor illas virtutes.

homme ; malhonnête homme, si vous les négligez. Aussi nous traiterons séparément de chacune, et nous renfermerons dans quatre livres ce qui regarde ces quatre vertus.

et in negligendis / et dans *lesquels* étant négligés
turpitudo. / le déshonneur *est placé*.
Itaque agemus / C'est-pourquoi nous traiterons
de unaquaque seorsim, / de chacune séparément,
et complectemur / et nous renfermerons
quatuor libris / dans quatre livres
quæ pertinent / *les choses* qui ont-rapport
ad illas quatuor virtutes. / à ces quatre vertus.

NOTES

———

Page 4 : 1. Protagoras d'Adère florissait vers l'an 400 avant Jésus-Christ.

— 2. *Talentum argenti*. Le talent d'argent, au siècle de Périclès, c'est-à-dire vers 450 avant notre ère, valait 5750 francs.

Page 8 : 1. Hiéron, tyran de Syracuse, régnait vers l'an 470 avant Jésus-Christ.

— 2. Simonide de Téos, poëte grec, florissait environ 500 ans avant Jésus-Christ.

Page 10 : 1. Thalès de Milet. l'un des sept sages de la Grèce, fondateur de la secte qu'on appelle école ionique, vivait 600 ans avant notre ère.

Page 16 : 1. Sextus, philosophe pythagoricien, était l'auteur d'un recueil de maximes dont il ne nous reste qu'une traduction latine.

Page 20 : 1. Socrate, le plus grand philosophe de l'antiquité, vivait 400 ans avant Jésus-Christ. Mis en jugement par des calomniateurs et des envieux, il fut condamné à boire la ciguë.

Page 24 : 1. Platon, un des plus grands philosophes, et peut être le premier des écrivains de l'antiquité grecque, vivait environ 350 ans avant Jésus-Christ. Il fut disciple de Socrate, et fonda l'école philosophique nommée Académie.

Page 26 : 1. Bias de Priène, l'un des sept sages de la Grèce, vivait environ 550 ans avant Jésus-Christ.

— 2. Eschine est le nom d'un personnage d'une comédie de Terence, intitulée *les Adelphes* (c'est-à-dire les frères). Quant à Térence poëte comique latin, il florissait au IIᵉ siècle avant Jésus-Christ.

Page 30 : 1. Scipion l'Africain, le vainqueur d'Annibal, fut l'un des plus grands capitaines de l'antiquité. Il dut ce surnom d'Africain à ses triomphes en Afrique, où il abattit la puissance de Carthage.

Page 32 : 1. Timoléon de Corinthe, grand général et célèbre par sa haute vertu, délivra, en 340 avant Jésus-Christ, les Syracusains de la tyrannie de Denys le Jeune, allié des Carthaginois.

Page 34 : 1. Marc-Aurèle Antonin, empereur romain, qui vivait 180 ans après Jésus-Christ, nous a laissé un recueil de pensées morales écrit en grec, l'un des ouvrages les plus parfaits que le paganisme ait produits. Marc-Aurèle avait embrassé la doctrine de l'école stoïcienne.

Page 36 : 1. Xerxès, roi de Perse, fameux par son expédition contre la Grèce, et par ses défaites aux Thermopyles, à Salamine, à Platée, à Mycale, vers l'an 480 avant Jésus-Christ.

Page 38 : 1. Pythagore, fondateur de l'école italique, florissait vers 550 avant Jésus-Christ. On le regarde comme l'auteur de la doctrine de la métempsycose, ou transmigration des âmes.

Page 40 : 1. Le mont Quirinal, une des sept collines sur lesquelles Rome était bâtie.

— 2. Camille, l'un des plus grands hommes de Rome, délivra sa patrie des Gaulois (360 avant Jésus-Christ).

— 3. Veïes, la ville la plus puissante de l'Étrurie, située au nord-ouest de Rome, à 12 milles environ.

Page 42 : 1. Delphes, ville de la Phocide, en Grèce; elle était fameuse par le temple et l'oracle d'Apollon.

— 2. Lipara ou Lipari, une des îles de l'archipel Ionien, au nord de la Sicile.

Page 44 : 1. Les Vestales, ou prêtresses de Vesta, faisaient vœu de chasteté; elles étaient chargées d'entretenir un feu perpétuel en l'honneur de la déesse.

— 2. Le Janicule, la plus élevée des sept collines de Rome.

— 3. Céré, ville d'Étrurie, célèbre par la piété de ses habitants.

Page 46 : 1. Denys l'Ancien vivait vers 370 avant Jésus-Christ. Il est fameux par sa cruauté, et par la longue lutte qu'il soutint contre les Carthaginois.

— 2. Esculape, fils d'Apollon et dieu de la médecine. Apollon son père était toujours représenté sous les traits d'un jeune homme imberbe.

Page 48 : 1. Locres, ville de l'Italie méridionale ou Grande-Grèce.

Page 50 : 1. Argos, ville du Péloponèse et capitale de l'Argolide.

Page 52 : 1. *Navale prœlium.* La bataille de Salamine, livrée l'an 480 avant Jésus-Christ.

— 2. Coronée, ville de Béotie.

Page 54 : 1. Thèbes, capitale de la Béotie, patrie du poëte Pindare.

Page 56 : 1. Apollonius de Tyane, ville de Cappadoce, était un philosophe pythagoricien, qui florissait vers la fin du Ier siècle après Jésus-Christ.

AUTEURS CLASSIQUES

FORMAT IN-12

PUBLIÉS AVEC DES NOTES EN FRANÇAIS

(Les annotateurs sont indiqués entre parenthèses)

AUTEURS LATINS.

Cicero. *De Amicitia* (Legouëz).» 25
— *De Officiis* (H. Marchand). » 90
— *De Oratore* (Bétolaud). 1 50
— *De Republica* (Charles). 1 80
— *De Senectute* (Paret). » 25
— *Epistolæ selectæ* (Sommer). » 50
— *In Catilinam orationes quatuor* (Sommer). » 40
— *In Verrem oratio de Signis* (J. Thibault). » 40
— *In Verrem oratio de Suppliciis* (O. Dupont). » 40
— *Orator* (C. Aubert). 1 25
— *Pro Archia poeta* (Chanselle) » 20
— *Pro Ligario* (Materne). » 20
— *Pro Marcello* (Materne). » 20
— *Pro Milone* (Sommer). » 25
— *Pro Murena* (J. Thibault). » 25
— *Tusculanarum quæstionum libri quinque* (Jourdain). 1 25
Conciones (F. Colincamp). 2 »
Cornelius Nepos (L. Quicherat) » 80
Heuzet. *Selectæ e profanis scriptoribus historiæ* (C. Leprévost) 1 50

Horatius Flaccus (Sommer). 1 80
Justinus. *Historiæ Philippicæ* (Pessonneaux). 1 25
Lhomond. *De Viris illustribus urbis Romæ* (Chaine et Pront). » 90
Lucain. *La Pharsale* (Naudet). 2 »
Narrationes (*selectæ*) *e scriptoribus latinis* (Chassang). 2 »
Ovidius. *Selectæ fabulæ ex libris Metamorphoseon* (G. Lesage). 1 25
Phædrus. *Fabulæ* (Talbert). » 75
Pline l'Ancien. *Morceaux extraits de l'histoire naturelle*, par Guéroult (Chassang). 1 50
Quintus Curtius (G. Lesage). 1 50
Sallustius. *Catilina et Jugurtha* (Croiset). » 90
Sénèque. *Choix de lettres morales à Lucilius* (E. Sommer). 1 25
Terentius. *Adelphi* (Bétolaud). » 75
Titus Livius. *Narrationes selectæ et res memorabiles* (Sommer) 1 25
Virgilius Maro. *Opera* (Sommer). 2 »

AUTEURS GRECS.

Aristophane. *Extraits* (Poyard)» »
— *Plutus* (Ducasau). 1 »
Babrius : *Fables* (Th. Fix). » 60
Basile (S.) le Grand. *Homélie sur la lecture des auteurs profanes* (Sommer). » 50
— *Homélie sur le précepte : « Observe-toi toi-même »* (Sommer). » 30
Chrysostome (S. Jean). *Homélie en faveur d'Eutrope* (Sommer). » 30

Chrysostome. *Homélie sur le retour de l'évêque Flavien* (Sommer). » 40
Démosthène. *Discours contre la loi de Leptine* (Stiévenart). » 90
— *Discours pour Ctésiphon ou sur la Couronne* (Sommer). 1 10
— *Harangue sur les prévarications de l'ambassade* (Stiévenart). 1 10
— *Olynthiennes* (les trois) (Materne). » 45

XIV

Démosthène. *Philippiques* (les quatre) (Materne).   » 70
Élien. *Extraits* (A. Lemaire). 1 50
Eschyle. *Sept* (les) *contre Thèbes* (Materne).   » 90
Ésope. *Fables choisies* (Sommer).   » 90
Euripide. *Électre* (Th. Fix).   » 90
— *Hécube* (A. Regnier).   » 90
— *Hippolyte* (Th. Fix).   » 90
— *Iphigénie en Aulide* (Th. Fix et Ph. Le Bas).   » 90
Grégoire (S.) de Nazianze. *Homélie sur les Machabées* (Sommer).   » 40
Hérodote. Livre premier, *Clio* (Sommer).   1 60
Homère. *Odyssée* (Sommer).   3 »
Isocrate. *Archidamus* (C. Leprévost).   » 50
— *Éloge d'Évagoras* (Sommer)   » 50
— *Panégyrique d'Athènes* (Sommer).   » 70
Lucien. *Choix des dialogues des morts.* Édition conforme au texte officiel.   » 90
— *Manière* (de la) *d'écrire l'histoire* (Lehugeur).   » »
— *Nigrinus ou les Mœurs d'un philosophe* (C. Leprévost).   » 40
— *Songe* (le) ou *sa Vie* (Leprévost).   » 40
Pères grecs. *Choix de discours* (Sommer).   1 50
Pindare. *Isthmiques* (les) (Fix et Sommer).   » 60
— *Néméennes* (les) (Fix et Sommer).   » 90

Pindare. *Olympiques* (les) (Fix et Sommer).   1 50
— *Pythiques* (les) (Fix et Sommer).   1 50
Platon. *Alcibiade* (le premier)   » 65
— *Alcibiade* (le second) (Mahn).   » 50
— *Apologie de Socrate* (Talbot)   » 65
— *Criton* (Waddington-Kastus   » 50
— *Gorgias* (Sommer).   1 50
— *Phédon* (Sommer).   » 60
Plutarque. *De la lecture des poëtes* (Ch. Aubert).   » 80
— *De l'éducation des enfants* (C. Bailly).   » 75
— *Vie d'Alexandre* (Bétolaud)   » 90
— *Vie d'Aristide* (Talbot).   » 80
— *Vie de César* (Materne).   » 90
— *Vie de Cicéron* (Talbot).   » 90
— *Vie de Démosthène* (Sommer)   » 90
— *Vie de Pompée* (Druon).   » 90
— *Vie de Solon* (Deltour)   » 80
— *Vie de Thémistocle* (Sommer)   » 80
Sophocle. *Œdipe roi* (Delzons)   » 90
Théocrite. *Idylles choisies* (L. Renier).   1 25
Thucydide. *Guerre du Péloponèse, les sept livres* (Legouëz).   » »
    Chaque livre séparément. 1 60
Xénophon. *Anabase, les sept livres* (de Pannajon).   3 »
    Chaque livre séparément.   » 75
— *Cyropédie,* livre premier (Huret).   » 65
— *Cyropédie,* livre deuxième (Huret).   » 65
— *Entretiens mémorables de Socrate* (Sommer).   1 75

AUTEURS FRANÇAIS.

Boileau. *Œuvres poétiques* (Geruzez).   1 25
Bossuet. *Discours sur l'histoire universelle* (Olleris).   2 »
— *Oraisons funèbres* (Aubert). 1 50
Corneille. *Théâtre choisi* (Geruzez).   2 50
Fénelon. *Dialogues des morts* (B. Jullien).   1 80
— *Dialogues sur l'éloquence* (Delzons).   » 75

Fénelon. *Opuscules académiques* (Delzons).   » 75
— *Télémaque* (A. Chassang).   1 25
La Bruyère. *Caractères* (G. Servois).   2 50
La Fontaine. *Fables* (Geruzez) 1 50
Massillon. *Petit Carême* (Colincamp).   1 20
Montesquieu. *Grandeur et décadence des Romains* (C. Aubert) 1 25
Racine. *Théâtre choisi* (Geruzez).   2 50

Rousseau (J. B.). *OEuvres lyriques* (Geruzez). 1 25
Théâtre classique (Ad. Regnier). 2 50

Voltaire. *Histoire de Charles XII* (Brochard-Dauzeuille). 1 50
— *Siècle de Louis XIV* (Garnier) 2 50
— *Théâtre choisi* (Geruzez). 2 50

AUTEURS ANGLAIS.

Edgeworth (Miss). *Forester* (Al. Beljame, professeur d'anglais au lycée Louis-le-Grand). 1 50
Goldsmith. *Le Vicaire de Wakefield* (G. Masson, professeur à l'école d'Arrow). » »
Macaulay. *Choix des Essais* (Aug. Beljame, professeur d'anglais au lycée-Saint-Louis). » »

Milton. *Paradis perdu*, livres I et II (Auguste Beljame). 1 20
Shakspeare. *Jules César* (Fleming). 1 80
— *Le roi Lear* (O'Sullivan). Grand in-18. 1 »
— *Macbeth* (O'Sullivan). Grand in-18. 1 »
Sheridan. *L'École de la médisance* (Spiers). In-18. 1 »

AUTEURS ALLEMANDS.

Lessing. *Fables* en prose et en vers (Boutteville). » 90
— *Laocoon* (Lévy, professeur d'allemand au lycée Saint-Louis). » »
Schiller. *Guillaume Tell* (Th. Fix). 2 »
— *Marie Stuart* (Fix). 2 »

Schiller. *Histoire de la guerre de Trente ans* (Schmidt, professeur d'allemand au lycée Charlemagne, et Leclaire, professeur au lycée de Colmar). 3 »
Gœthe. *Hermann et Dorothée* (Lévy). 1 »
— *Iphigénie en Tauride* (Lévy) 1 80

AUTEURS ESPAGNOLS.

Cervantès. *Le Captif*, extrait de Don Quichotte (J. Merson). 1 »

AUTEURS ARABES.

Fourberies de Delilah (les). Extrait des *Mille et une Nuits*. Texte ponctué à la manière française (Cherbonneau, directeur du collége arabe-français d'Alger). 1 50
Histoire de Chems-Eddine et de Nour-Eddine, extraite des *Mille et une Nuits*. Texte ponctué à la manière française (Cherbonneau). 1 50

Anecdotes musulmanes tirées des auteurs arabes. Texte suivi d'un dictionnaire analytique des mots contenus dans ces anecdotes (Cherbonneau). In-8. 5 »

Lokman. *Fables*. Texte arabe, suivi d'un dictionnaire de tous les mots qui se trouvent dans ces fables, par M. Cherbonneau. 1 50

DICTIONNAIRES CLASSIQUES.

LANGUE LATINE.

Dictionnaire latin-français, contenant plus de 1500 mots qu'on ne trouve dans aucun lexique publié jusqu'à ce jour, par MM. L. QUICHE-RAT et DAVELUY, suivi d'un *Vocabulaire latin-français des noms propres de la langue latine*, par M. L. QUICHERAT. Ouvrage autorisé par le conseil de l'instruction publique. 1 volume grand in-8. Prix, cartonné. 9 fr.

Lexique latin-français, à l'usage des commençants, extrait du Diction-naire latin-français de MM. QUICHERAT et DAVELUY, et augmenté de toutes les formes de mots irréguliers ou difficiles, par M. SOMMER, agrégé des classes supérieures, docteur ès lettres. 1 vol. in-8, cart. 3 fr. 50

ctionnaire français-latin, composé sur le plan du *Dictionnaire latin-français*, par M. L. QUICHERAT, agrégé de l'Université. 1 vol. grand in-8. Prix, cartonné. 9 fr.

xique français-latin, à l'usage des commençants, extrait du *Diction-naire français-latin* de M. L. QUICHERAT, et augmenté de toutes les formes de mots irreguliers ou difficiles, par M. SOMMER. 1 vol. in-8. Prix, cartonné. 3 fr. 50

Thesaurus poeticus linguæ latinæ, ou Dictionnaire prosodique et poétique de la langue latine, par M. L. QUICHERAT. Ouvrage autorisé par le Conseil de l'instruction publique. 1 vol. grand in-8. Prix, car-tonné. 8 fr.

LANGUE GRECQUE.

Dictionnaire grec-français, par M. C. ALEXANDRE, inspecteur général de l'instruction publique. 11* *édition, entièrement refondue par l'au-teur et considérablement augmentée.* Ouvrage autorisé par le Conseil de l'instruction publique. 1 très-fort vol. grand in-8. Prix, cart. 15 fr.

Abrégé du dictionnaire grec-français, à l'usage des commençants, contenant tous les mots indistinctement et toutes les formes difficiles de la Bible, de l Iliade et des auteurs qu'on explique dans les classes inférieures, par le même auteur. Ouvrage autorisé par le Conseil de l'instruction publique. 1 vol. in-8 de 750 pages. Prix, cart. 7 fr. 50 c.

Dictionnaire français-grec, par MM. ALEXANDRE, PLANCHE et DEFAU-CONPRET. Nouvelle édition, refondue et augmentée. Ouvrage autorisé par le Conseil de l'instruction publique. 1 vol. gr. in-8. Prix, cart. 15 fr.

Lexique français-grec, à l'usage des classes élémentaires, par M. Fréd. DÜBNER. 1 vol. in-8, cartonné. 6 fr.

Dictionnaire (NOUVEAU) **français-grec**, par M. OZANEAUX ; avec la col-laboration de MM. ROGER et ÉBLING. 1 vol. in-8, Prix, cartonné. 15 fr.

LANGUE ALLEMANDE.

Dictionnaire classique allemand-français et français-allemand, par W. DE SUCKAU. Ouvrage autorisé par le Conseil de l'instruction publique et adopté par le collége militaire de la Flèche et l'École de Saint-Cyr 2 volumes petit in-8. Prix, brochés. 10 fr.
Les d ux volumes cartonnés en un. 11 fr. 25